GOLDMANN

Buch

Mit zwölf Jahren flieht der marokkanische Junge Abdeslam aus seinem Heimatdorf in den Bergen des Rif-Gebirges in den Großstadtdschungel Tangers. Inmitten der Halbwelt des internationalen Hafens, umgeben von Schmugglern, Ganoven und Prostituierten, versucht Abdeslam sich seine kindliche Unschuld zu bewahren. Doch er muß lernen, daß man in einer gewaltbeherrschten Welt nicht auf Dauer gewaltlos bleiben kann, wenn man physisch wie moralisch überleben will.

Autoren

Mohammed Mrabet wurde um 1940 im Rif-Gebirge geboren und verbrachte seine Kindheit und Jugend als eines von 23 Geschwistern in Tanger, wo er sich seinen Lebensunterhalt als Fischer, Hotelangestellter und Barmixer verdiente. 1956 lernte er Paul und Jane Bowles kennen; es begann die Zusammenarbeit mit Paul Bowles, der Mrabets Erzählungen vom Tonband weg ins Englische übersetzt. Nach dem ersten Roman *Love with a few hairs* (1967) entstanden *The Lemon* (1968), *M'hashish* (1969, Goldmann Taschenbuch Nr. 9293) und andere Bücher, von denen bis heute keines in Marokko auf arabisch erschienen ist.

Paul Bowles, geboren 1910 in New York, lebt seit langen Jahren in Tanger und gilt als einer der großen amerikanischen Autoren der Moderne.

Von Paul Bowles sind im Goldmann Verlag bereits erschienen:

So mag er fallen · Roman (9081)
Das Haus der Spinne · Roman (9120)
Gesang der Insekten · Roman (Geb. 30358, TB 9782)
Mitternachtsmesse · Erzählungen (Geb. 30382, TB 9923)
Die Stunden nach Mittag · Marokkanische Erzählungen (9398)
Eisfelder · Erzählungen (Geb. 30399, TB 41235)
New York – Tanger · Erzählungen (9306)
Rastlos. Erinnerungen eines Nomaden · Autobiographie (Geb. 30396)

Mohammed Mrabet: M'hashish · Geschichten aus Marokko (9293)

PAUL BOWLES

MOHAMMED MRABET

El Limón

ROMAN

Aus dem Englischen von
Lilian Faschinger und Thomas Priebsch

GOLDMANN VERLAG

Die englische Originalausgabe in der Übersetzung von Paul Bowles
erschien unter dem Titel »The Lemon«
1986 bei City Lights Books, San Francisco.

Umwelthinweis:
Alle bedruckten Materialien
dieses Taschenbuches
sind chlorfrei und umweltfreundlich

Der Goldmann Verlag
ist ein Unternehmen der Verlagsgruppe Bertelsmann

Made in Germany · 1. Auflage · 8/92
Genehmigte Taschenbuchausgabe

Umschlaggestaltung: Design Team München
Satz: IBV Satz- und Datentechnik GmbH, Berlin
Druck: Elsnerdruck, Berlin
Verlagsnummer: 41117
UK · Herstellung: Sebastian Strohmaier
ISBN 3-442-41117-3

1

Gegenüber dem Haus, in dem Abdeslam wohnte, stand eine Moschee. Dort sangen die Jungen den ganzen Tag ihre Übungen. Als Abdeslam sechs Jahre alt war, sagte sein Vater, es wäre nun auch für ihn an der Zeit, gemeinsam mit den anderen den Koran zu studieren.

Am ersten Tag begleitete ihn sein Vater und gab dem Fqih etwas Geld. Kümmere dich um ihn. Er soll etwas lernen, sagte er, und dann ging er.

Abdeslam setzte sich vor den Fqih hin. Er wußte nicht, wie es sich abspielen würde, aber er dachte, der Fqih würde ihm wahrscheinlich eine Hanasha, eine Schreibtafel, geben. Statt dessen jedoch sagte er, er solle sich zu den anderen Jungen setzen und die Buchstaben des Alphabets nachsingen: a-lif, el-ba, et-tsa und so weiter. Das machten sie dann den ganzen Tag, Abdeslam und die anderen, viele Tage lang sangen sie die Buchstaben nach. Eines Morgens sagte der Fqih zu ihnen: Heute werde ich Hanashas austeilen, damit ihr schreiben lernt und die Buchstaben schneller lesen könnt.

Abdeslam war begeistert. Er und die Jungen wippten hin und her und hämmerten auf ihre Hanashas, während sie die Buchstaben auswendig hersagten. Als er seinem Vater davon erzählte, kaufte dieser ihm eine schöne Tafel aus Zedernholz bei Moulay Brahim, damit er immer etwas hatte, auf das er klopfen konnte, während er die Buchstaben nachsang. Sein Vater sagte, daß ihm die Buchstaben auf diese Weise direkt in den Kopf dringen und dort bleiben würden. Auch einige der anderen Jungen brachten Hanashas mit, aus Apfel- oder Olivenholz, aber sie dufteten nicht so gut wie die von Abdeslam.

Der Fqih begann den Jungen den Anfang des Korans beizubringen. Innerhalb von zwei Jahren war Abdeslam bereits bei der Baqra Seghira angelangt. Sein Vater ging in die Moschee und sagte zum Fqih: Ich habe gehört, mein Sohn ist schon bei der Baqra Seghira. Stimmt das?

Ja, sagte der Fqih. Es stimmt, Allah sei Dank. Zwei Jahre sind eine sehr kurze Zeit, um so viel vom Koran zu lernen. Abdeslam hatte schnell gelernt, weil der Bruder seines Vaters, der mit seiner Familie bei ihnen im Haus wohnte und den Koran sehr gut lesen konnte, ihn jeden Tag, nachdem er von der Schule nach Hause gekommen war, mit in sein Zimmer genommen und ihm noch mehr beigebracht hatte.

Abdeslams Vater dankte dem Fqih. Dann gingen er und sein Bruder auf den Vieh-Souq und kauften einen jungen Stier. Sie führten ihn nach Hause und töteten ihn und luden dreißig Tolba ein, die den Koran rezitierten. Die Tolba waren lauter junge Männer, die ihn genau kannten und es gewohnt waren, ihn gemeinsam zu singen. Erst spät am Abend hörten sie auf. Dann trugen ihnen Abdeslams Mutter und seine Schwestern das Stierfleisch in einem Couscous auf.

Abdeslam freute sich seines Lebens. Es gab die Welt draußen, mit Bäumen und Häusern und Plätzen zum Spielen, und die Welt der Wörter und Buchstaben in der Moschee. Er hatte das Gefühl, jeden Tag mehr zu lernen.

Etwa ein Jahr später trat ihm sein Vater an der Tür entgegen, als er eines Tages vom Unterricht nach Hause kam, und sagte zu ihm: Dein Fqih hat mir gesagt, daß du den ganzen ersten Teil des Korans beherrschst und ihn lesen und schreiben kannst. Das ist schön. Nun wirst du in die Schule gehen.

Abdeslam wollte das nicht. Er wußte, daß das schwieriger sein würde. Warum kann ich nicht in der Moschee bleiben? sagte er. Ich möchte ein Fqih werden.

Du mußt Rechnen und Französisch und alles mögliche andere lernen. Jetzt weißt du noch nichts. Später kannst du ein Fqih werden.

Aber Baba, ich bin gerne in der Moschee. In der Schule werde ich nichts verstehen. Ich will mehr vom Koran lernen.

Schule, sagte sein Vater.

Abdeslam seufzte.

2

Eines Tages, wenige Monate später, nahm Abdeslams Vater ihn mit in die Schule. Er sprach eine Zeitlang mit dem Direktor, und dann ließ er Abdeslam mit ihm allein.

Komm, sagte der Mann, und er führte Abdeslam einen Gang entlang in ein Zimmer, in dem die Lehrerin eine Französin war.

Madame Titagaux, dieser Junge kommt in Ihre Klasse, sagte er. Er versteht überhaupt kein Französisch. Nur Arabisch. Sie werden ihm ein wenig helfen müssen.

Oui, Monsieur le Directeur.

Nach einer Weile setzte sie sich zu Abdeslam und begann ihm verschiedenes zu erklären. Sie war freundlich und geduldig mit ihm. Jeden Tag führte sie ihm die Hand, und er schrieb die Buchstaben, einen nach dem anderen. Sie zeigte ihm, wie man neue Wörter schreibt, und er lernte sehr leicht. Nach drei Monaten konnte er alles schreiben, was sie von ihm verlangte.

Unsere Lehrerin ist wundervoll, sagte er zu seinem Vater. Sie hat mir Französisch beigebracht. Ich kann es lesen und schreiben und auch ein wenig sprechen.

Hamdoul'lah! sagte sein Vater. Und halte dich von den Jungen auf der Straße fern. Ich möchte dich nicht mit ihnen spielen sehen. Fehlt nur noch, daß du zu reden anfängst wie sie.

Am Ende seines zweiten Jahres bei Madame Titagaux war Abdeslam der Zweitbeste in seiner Französischklasse. Aber noch vor dem Ende des dritten Jahres wurde Madame Titagaux nach Frankreich zurückversetzt. Am Nachmittag bevor sie wegfuhr, rief sie alle Jungen auf dem Spielplatz unter den Zypressen zusammen und sagte zu ihnen, daß sie weggehen müsse und sehr traurig sei, sie zu verlassen. Alle sagten: Bon voyage, Madame.

Sie ließ die anderen Jungen nach Hause gehen, behielt nur Abdeslam bei sich und bat ihn, ihre Tasche zum Auto zu tragen. Dann fuhr sie ihn nach Hause, und als er ausstieg, schenkte sie ihm einige Bücher und Federhalter und Bleistifte und küßte ihn zum Abschied.

Am nächsten Morgen saßen die Jungen voller Erwartung im Klassenzimmer. Als der Lehrer eintrat, standen alle auf. Er war groß und dünn, hatte sehr helles Haar und trug einen schwarzen Anzug und eine Brille. Er ging, wie eine Frau geht. Er lächelte die Jungen an: Bonjour, mes enfants.

Alle sagten: Bonjour, Monsieur.

Ihr könnt euch setzen, sagte er. Er hatte einen Rohrstock und legte ihn über seine Knie. Er sagte: Vous êtes tous très gentils. Ich hoffe, ihr bleibt auch so. Ruhig. Madame Titagaux ist also weg, und ich bin hier. Ich hoffe, ihr werdet mich genauso mögen wie sie.

Am Ende eines jeden Satzes schloß er ganz schnell seinen Mund. Er stand auf, nahm ein Stück Kreide und begann an die Tafel zu schreiben. Dann machte er Striche und sagte: Ça, c'est un chat. Und die Jungen mußten sagen: Oui, ça c'est un chat. Er löschte die Striche weg, schrieb noch etwas und machte noch einige Striche. Ça, c'est un chien. Und die Jungen mußten die Wörter nachsprechen. Madame Titagaux hatte das nie getan. Abdeslam verstand nicht, was der neue Lehrer tat, und er glaubte nicht, daß der Mann ein wirklicher Lehrer war. Er hielt es für wahrscheinlicher, daß er mit jemand Wichtigem in der Regierung befreundet war.

In der Pause hörte er, wie die anderen Jungen sagten: Das ist kein Mann. Das ist eine Frau. Alles, was er tut, ist wie bei einer Frau. Auch wenn er nur geht, tanzt er.

Meist nahm Monsieur Jacques die Kreide und schrieb an die Tafel. Wenn er mehrere Zeilen von Wörtern geschrieben hatte, sagte er: Seht euch diese Wörter genau an, und lernt sie auswendig. Dann löschte er alle Wörter weg und sagte: Und jetzt schreibt. Jeden Tag schrieb er längere Sätze, bis es unmöglich wurde, sich alle zu merken.

Eines Tages ging Abdeslam ins Büro des Direktors.

Was gibt es, Abdeslam?

Dieser neue Lehrer.

Was ist mit ihm?

Er schreibt eine Menge Wörter an die Tafel und wischt sie dann weg und sagt, wir müßten sie schreiben. Aber niemand bringt auch nur die erste Zeile fertig. Wir haben keine Maschinen in unseren Köpfen.

Der Direktor schickte Abdeslam wieder ins Klassenzimmer. Aber als Monsieur Jacques am nächsten Tag hereinkam, um die Französischstunde zu halten, rief er: Abdeslam!

Oui, Monsieur.

Une autre fois tu ne feras pas comme ça! Comme tu est méchant!

Abdeslam flüsterte Hamidou etwas zu. Das ist kein Lehrer, sagte er. Er kommt herein und spricht wie eine Frau und klappt den Mund zu wie eine Schildkröte. Er ist ein Nichts.

Unterdessen rief Monsieur Jacques seinen Namen. Oui, Monsieur.

Komm her.

Als Abdeslam beim Lehrertisch stand, stand Monsieur Jacques auf. Und jetzt knie dich hin, sagte er. Direkt vor meinen Füßen.

Warum, Monsieur?

Knie nieder!

Das kann ich für Sie nicht tun, Monsieur, sagte Abdeslam. Sie sind Christ, und ich bin Moslem. Wie kann ich vor Ihnen knien? Das mache ich nicht einmal für meinen Vater. Wenn ich nach Hause komme, küsse ich ihm nur die Hand.

A genoux! schrie Monsieur Jacques.

Non!

Als Monsieur Jacques das hörte, holte er aus und gab Abdeslam eine kräftige Ohrfeige. Abdeslam sprang auf und stürzte sich mit solcher Kraft auf Monsieur Jacques, daß dieser nach rückwärts gegen eine Stufenleiter fiel und das Gleichgewicht verlor. Bevor er wieder auf den Beinen war, rannte Abdeslam aus dem Zimmer. Er ging aus der Schule hinaus, die Stufen hinunter und durch die Straßen bis zu seinem Haus.

Sein Vater war zu Hause. Als er Abdeslam sah, sprang er auf. Was machst du hier um diese Zeit? rief er.

Ich hatte einen Streit mit dem Französischlehrer. Ich gehe nicht mehr in die Schule. Nie mehr!

Sein Vater schlug ihn zweimal mit dem Handrücken, und Abdeslam fiel hin. Sein Kopf traf auf die Kante eines Regals, und es tat weh. Er begann zu weinen.

Und nun scher dich weg, und laß dich nicht mehr blicken! rief sein Vater, ich kenne dich nicht mehr. Du bist nicht mein Sohn, und ich bin nicht dein Vater. Ich will dich nie wieder in diesem Viertel sehen. Steh auf! Und jetzt geh!

Abdeslam stand auf und blickte seinen Vater an. Er hatte zu weinen aufgehört. Eine der Frauen seines Vaters begann zu schluchzen. Warum ihn hinauswerfen? sagte sie. Deinen eigenen Sohn?

Misch dich da nicht ein, sagte er.

Abdeslam hob ein kleines Buch vom Boden auf und ging hinaus. Eine Weile spazierte er durch die Straßen. Bald traf er eine Gruppe von Jungen, die er kannte und die neben einer Mauer auf dem Boden saßen. Er setzte sich zu ihnen. Einer von ihnen nahm eine Zigarette und bot sie ihm an.

Nein, danke, sagte er.

Du willst sie nicht? Was ist los mit dir?

Nichts, sagte er. Ich muß jetzt gehen.

3

In Boubana lebte ein Freund seines Vaters, von dem er glaubte, er würde ihn bei sich übernachten lassen. Er brach nach Boubana auf, das auf dem Hügel gegenüber lag. Als er ins Tal von Oued Bahrein kam, begann es ein wenig zu regnen. Nicht weit von der Straße entfernt stand ein Haus allein in einem Feld und daneben eine offene Garage. Er ging schnell in die Garage und beschloß, daß dies ein guter Platz zum Übernachten wäre. Er setzte sich hin und wartete auf die Dunkelheit, und dann schlief er ein.

Als er am Morgen aufwachte, schien die Sonne. Er stand auf, und trotz allem, was sein Vater gesagt hatte, ging er in sein Viertel zurück. Er war sicher, daß er seinem Vater entwischen würde, selbst wenn dieser ihn sehen sollte. Er verbrachte den Tag damit, auf den Straßen und in den Obstgärten mit seinen Freunden zu spielen, und sie brachten ihm Essen aus ihren Häusern.

Es wurde spät, und er ging wieder aus der Stadt hinaus, um nochmals in der Garage zu schlafen. Unterwegs begann es zu regnen, genau wie am Tag zuvor. Es dämmerte, als er nach Oued Bahrein gelangte, und er sah, daß jemand die Garagentür versperrt hatte. Er kehrte um und begann den Hügel Richtung Friedhof hinaufzugehen; dabei dachte er: Es muß einen Platz zum Schlafen geben.

Er beschloß, wieder in sein Viertel zu gehen. Der Regen wurde stärker. Am Eingang zu El Mraier stand ein Haus mit vielen Fenstern. Es gehörte Juan Rico. Daneben stand noch ein Haus mit einem großen überdachten Eingang. Abdeslam stellte sich darunter und blickte in den Regen hinaus. Alles war naß. Er konnte sich nicht setzen. Schließlich schlief er ein und sackte gegen die Tür.

Am frühen Morgen gingen die Leute auf dem Weg zur Arbeit vorüber. Jemand schüttelte ihn. Er öffnete die Augen.

Was machst du hier, mein Sohn?

Schlafen.

Das ist kein Platz zu Schlafen. Hast du keine Familie?

Abdeslam gab keine Antwort.

Hast du Hunger? Komm mit.

Nein, Sidi, es geht schon, sagte Abdeslam. Ich kann auf mich selbst achtgeben.

Der Mann steckte die Hand in die Tasche, nahm zwei Rial heraus und drängte sie ihm auf. Abdeslam begann zu gehen. Er ging den ganzen Weg bis zur Medina und setzte sich dort in ein kleines Restaurant.

Was soll es sein?

Ein Teller Harira.

Der Mann brachte ihm die Suppe. Abdeslam bat um eine Extraportion Sminn. Nachdem er die Harira gegessen hatte, stand er auf. Wieviel? sagte er.

Stimmt schon. Ist von mir.

Abdeslam dankte dem Mann und ging die Straße hinunter bis zur Terrasse eines Cafés. Er bestellte ein Glas Tee, aber noch bevor es kam, ging er in den Laden nebenan und kaufte Gebäck, das er zum Tee essen wollte. Eine Weile saß er da, aß, trank und besah sich die Leute, und dann ging er. Der Regen hatte fast aufgehört. Er ging den Hügel hinauf und dachte daran, die anderen Jungen in seinem Viertel zu besuchen.

Er fand seine Freunde in einem verfallenen Schuppen, wo sie sich immer trafen. Sie spielten Karten und rauchten. Er setzte sich zu ihnen, aber er hatte nicht mehr das gleiche Gefühl, das er früher gehabt hatte. Als sie den Schuppen verließen, gingen sie alle nach Hause zu ihren Familien, und er wußte nicht wohin. Sie gaben ihm Brot.

Am Nachmittag hörte der Regen auf. Als die anderen Jungen nach Hause gingen, ging Abdeslam aufs Land hinaus, an einen Ort, wo viele Eukalyptusbäume standen. Ihm war ein wenig übel, weshalb er sich unter die Bäume auf den Boden legte. Bald wurde es dunkel, und es begann wieder zu regnen, aber er war eingeschlafen und merkte nichts davon. Der Regen hörte nicht auf. Als er ihn ein wenig naß gemacht hatte, wachte er auf. Eine Seite von ihm war naß. Die andere war noch trocken, und er hatte Angst, sich umzudrehen oder zu bewegen, weil er fürchtete, auch die andere Seite könnte naß werden. Also blieb er in derselben Stellung liegen, in der er sich befand. Als der Tag anbrach, wurde der Regen ganz fein, so daß er fast wie Nebel war.

Abdeslam stand auf und griff in seine Hosentasche. Das kleine Buch, das er mitgenommen hatte, war trocken. Er machte sich auf den Weg zurück in sein Viertel. Dort gab es einen Bäcker, der in einer Seitenstraße einen Backofen hatte, und er beschloß, ihn aufzusuchen.

Der Bäcker stand an der Türschwelle. Guten Morgen, sagte Abdeslam zu ihm. Er ging hinein und sah, daß der Ofen brannte. Dann zog er seine Kleider aus und trocknete sie vor dem Feuer. Als er wieder angezogen war, gab ihm der Mann Brot und eine Tasse Kaffee. Er zog ein Päckchen Zigaretten heraus und hielt es Abdeslam hin. Willst du eine?

Gut, sagte Abdeslam. Er zündete sich die Zigarette an und begann zu rauchen. Er war froh, daß er gekommen war.

Abdeslam, sagte der Mann. Du bist zu jung, um zu rauchen. Du bist noch sehr klein. Warum hörst du nicht auf deinen Vater und machst, was er sagt?

Warum weißt du davon?

Wir alle wissen davon, sagte der Bäcker. Es ist kein Geheimnis. Das ist deine Situation. Du kannst lesen und schreiben. Du hast eine große Zukunft vor dir. Warum gehst du nicht wieder in die Schule und lernst etwas? Denk doch, wie froh deine ganze Familie wäre. Wenn du auf der Straße bleibst, wirst du den ganzen Tag Zigaretten rauchen, eine nach der anderen, und dann wirst du zu trinken anfangen. Und als nächstes wirst du dich mit Dieben und Huren herumtreiben. Du wirst in Raufereien geraten, und eines Tages wird dich jemand umbringen. Wie alt bist du? Zehn? Du mußt noch viel lernen, bis du ein Mann bist.

Ich bin zwölf, sagte Abdeslam. Dann sagte er: Ja, du hast recht, Si Mohammed, aber du verstehst mich nicht.

Du wirst schon wissen, was du willst, mein Sohn, sagte der Bäcker. Du tust mir leid.

Ich muß jetzt gehen, sagte Abdeslam. Danke. Ich bin ganz trocken. Viel Glück mit dem Backofen.

Er ging in die Stadt und spazierte etwa eine Stunde lang durch die Souqs. Um fünf Uhr sah er sich die Bilder an der Wand neben dem Eingang zum Cinema Capitol an. Viele Leute gingen hinein. Ein paar Jungen aus seinem Viertel kamen vorbei. Jeder gab etwas, und sie kauften für ihn eine Karte. Sie saßen alle beieinander und sahen einen Film mit Gary Cooper. Bevor er zu Ende war, stand Abdeslam auf und flüsterte seinen Freunden zu, daß er auf die Toilette müsse. Statt dessen ging er auf die Straße.

Das Wetter war sehr kalt geworden. Er stieg den Hügel hinauf und ging wieder in sein Viertel. Hier spazierte er nur durch die Gassen. Das Haus seines Vaters war an einer Ecke der Hauptstraße, und er hatte Angst, ihm zu begegnen. Er war sehr hungrig, aber er ging weiter die Gassen auf und ab. Nach einer Weile wurde ihm schwindlig. Er setzte sich neben die Eingangstür eines Hauses und wartete, bis ihm ein wenig besser war. Dann merkte er, daß das Haus einem Spanier gehörte, den er kannte.

Bald darauf öffnete sich die Tür, und ein Mann kam heraus. Es war Paco.

Abdeslam! Was machst du denn hier?

Nur dasitzen.

Soll das heißen, du gehst heute abend nicht nach Hause?

Genau.

Warum nicht?

Mein Vater hat mich hinausgeworfen.

Aber warum?

Ohne Grund. Weil ich nicht zur Schule gehen will.

Komm herein zu mir, sagte Paco. Komm herein.

Abdeslam wollte nicht in Pacos Haus gehen, doch Paco zog ihn hoch und führte ihn hinein. Dann machte er die Tür zu. Mercedes, Pacos Frau, saß in einem Bademantel da. Als sie eintraten, stand sie auf. Wenige Minuten später ging sie in die Küche und machte Abdeslam etwas zu essen.

Während er aß, schenkte Paco ihm ein Glas Wein ein. Hier, sagte er. Davon wird dir warm, und du fühlst dich wohl.

No, gracias.

Warum nicht? Wein schmeckt gut zum Essen.

Ich bin Moslem.

Als er mit dem Essen fertig war, sah Abdeslam sich im Zimmer um. Er war noch nie in einem Christenhaus gewesen. Mercedes saß auf einem großen Stuhl, die Hände im Schoß gefaltet. Der kleine Junge und das kleine Mädchen saßen auf dem Sofa und spielten. In der Ecke stand ein großes Bett für Paco und Mercedes, daneben ein kleines für die Kinder. Über dem Schrank hing ein Bild von Paco und Mercedes an ihrem Hochzeitstag, eines mit den Kindern und ein drittes von Jesus Christus.

Gleich darauf führte Paco ihn in das andere Zimmer. Es war klein, aber ein Bett und viele leere Milcheimer standen darin. An den Wänden hingen Kuhglocken.

Hier wirst du schlafen, sagte Paco zu ihm. Mercedes kam mit Leintüchern und einer Decke, und Paco holte ihm einen alten Pyjama. Als er im Bett war, kam Mercedes und gab ihm einen Kuß auf die Stirn.

Danke, sagte Abdeslam.

Schlaf gut, sagte sie. Und bis morgen.

Sie löschte die Lampe. Dann ging sie und machte die Tür zu.

Abdeslam schloß die Augen. Als er sie öffnete, war es Morgen, und Mercedes stand am Bettrand. Komm frühstücken, sagte sie.

4

So begann Abdeslam ein neues Leben, in seinem Versteck im Haus der Christen. Sie verlangten nicht, daß er arbeitete, aber er trug Lasten für sie, machte Botengänge und lernte die Ziegen und Kühe melken. Sie gaben ihm zu essen und kauften ihm Kleider und sagten sogar, sie würden ihn für jeden Monat bei ihnen bezahlen, wenn die Zeit käme, da er sie verlassen wolle.

Manchmal standen sie um fünf Uhr früh auf, und wenn Abdeslam in die Küche ging, fand er dort schon Mercedes, wie sie in ihrem Bademantel Kaffee kochte. Und dann, während es noch dunkel war, melkten sie die Kühe und ein paar von den Ziegen.

Abdeslam verbrachte viel Zeit damit, im Haus zu sitzen und das kleine Buch über Harun al Raschid zu lesen, das er von zu Hause mitgenommen hatte. Er las es von vorn bis hinten und begann wieder von vorne. Dann kam Mercedes und versuchte ihn für etwas anderes zu interessieren. Er wollte ihr nicht sagen, daß er nicht hinausgehen und mit seinen Freunden spielen konnte, daß er deswegen im Haus blieb und las. Er befürchtete, die anderen Jungen könnten ihn sehen und so herausfinden, wo er wohnte, und einer von ihnen könnte es seinem Vater erzählen.

Jeden Tag am späten Nachmittag ging Abdeslam hinaus und öffnete die Tore, um die Ziegenhirten mit den Ziegen einzulassen. Dann sperrte er jede Ziege in ihren Verschlag. Wenn sie alle im Stall waren, brachte er ihnen Gerste und rohe Bohnen.

In seinem Buch stand eine Geschichte, die ihm mehr als alle anderen gefiel. Darin wurde erzählt, wie Harun al Raschid abends den Palast verließ, gekleidet wie alle anderen, und in den Cafés saß und mit den Leuten redete. Er stellte sich vor, daß auch er das tun würde. Jeden Abend würde er neuen Leuten begegnen, die ihm ihre Abenteuer erzählten, und er würde viel über die Welt erfahren. Während des Tages, wenn er mit Paco arbeitete, begann er daran zu denken, und am Abend, wenn er zu Bett ging. Schließlich dachte er fast die ganze Zeit daran. Und oft wünschte er sich, daß er nicht in diesem Viertel und in diesem Haus mit Paco und Mercedes wohnte, wo er aus Angst vor seinem Vater nicht einmal auf die Straße gehen konnte. Wenn er mit Paco auf dem Esel in die Stadt ritt, blickte er durch die engen Gassen der Medina und dachte daran, wie gerne er eine von ihnen entlanggehen und einfach verschwinden würde. Dann würden seine Abenteuer beginnen. Er würde sein eigenes Leben führen. Er beschloß, Paco zu sagen, daß er nicht mehr bei ihm wohnen konnte.

Eines Abends, als sie nach dem Essen am Tisch saßen, begann er zu sprechen und Paco und Mercedes für alles zu danken, was sie für ihn getan hatten. Aber Paco unterbrach ihn.

Abdeslam, was denkst du, wenn du allein bist und nachdenkst? wollte er wissen.

Es wäre besser, ich würde es dir nicht sagen.

Nein, Abdeslam! sagte Mercedes lachend. Du mußt es uns sagen.

Ich denke an all die furchtbaren Dinge, die mir zustoßen werden. Sie sind noch weit weg, aber sie kommen näher. Ich sehe, wie sie jetzt alle vor meinen Augen passieren, und sie sind alle entsetzlich.

Das ist unmöglich, Abdeslam, sagte Paco.

No, Señor, es ist die Wahrheit. Wenn ich etwas in meinem Kopf sehe, passiert es immer. Die Leute glauben mir nicht, aber es ist so. Später passiert es.

Nein, nein. An solche Dinge glaube ich nicht, sagte Paco.

Warum nicht? sagte Mercedes. Wie kannst du wissen, was im Kopf des Kindes vorgeht?

Ich möchte schlafen, sagte Abdeslam.

Gute Nacht, und schlaf gut, Abdeslam.

Er ging in sein Zimmer und schloß die Tür. In seinem Bett liegend dachte er daran, wie sein Leben wohl sein würde. Er hatte sich für die Art von Leben entschieden, die er haben wollte, und er wußte, daß alles schlecht verlaufen würde, weil er die Art von Leben gewählt hatte, die stets Unglück mit sich bringt.

Am nächsten Morgen stand er auf und ließ die Ziegen aus ihren Ställen. Nachdem er den Kuhstall gesäubert hatte, ging er ins Haus. Paco saß am Tisch.

Paco, sagte Abdeslam, ich gehe von hier weg. Ich kann nicht länger bleiben.

Warum nicht, Abdeslam?

Ich will nicht, daß mein Vater erfährt, daß ich hier bei euch lebe. Es ist eine Schande, bei Christen zu leben.

Aber du lebst schon eine ganze Weile hier, und du hast dir deswegen noch nie Sorgen gemacht.

Sie wissen nicht, wo ich bin. Aber wenn sie es herausfinden, werden sie sagen: Unser Sohn, der mit Spaniern unter einem Dach lebt, bei ihnen schläft und ißt und ihre Ziegen und Kühe hütet.

Paco wußte, daß dies nicht der Grund war, aber er nahm achthundert Peseten. Abdeslam wandte sich ab, und Paco stopfte ihm die Scheine in die Hosentasche. Mercedes kam aus der Küche und begann zu weinen. Als Abdeslam das sah, war auch ihm zum Weinen zumute.

Ich habe nicht gewußt, daß es so sein würde. Ich bin gerne hier bei euch, aber ich möchte auch woanders sein, das ist alles.

Als er ging, sagte Paco: Denk daran, wenn du keinen Platz zum Schlafen findest, kannst du zurückkommen. Niemand wird in deinem Zimmer wohnen.

5

Abdeslam ging in die Stadt, das Geld in der einen Hosentasche und ein Päckchen Zigaretten in der anderen. Vor einem Café in der Calle del Comercio hinter dem Zoco Chico blieb er stehen und setzte sich an einen Tisch. Der Qahouaji kam.

Einen schwarzen Tee mit Minze bitte, Sidi.

Während der Tee zubereitet wurde, zündete er sich eine von den Zigaretten an und sah zu, wie die Leute vorbeigingen. Ein Mann kam in das Café und setzte sich. Abdeslam wandte sich nach ihm um und sah, daß er aus seinem Viertel war.

Bist du nicht Bachir? fragte er ihn.

Der Mann sagte: Ja. Und du bist einer von Temsamanis Söhnen?

Genau.

Ich erinnere mich noch daran, wie du so klein warst. Was machst du hier?

Abdeslam kannte den Mann nicht und konnte ihm deshalb nichts sagen. Man weiß nie, was passiert, sagte er. Was möchtest du?

Bachir stand von seinem Tisch auf und setzte sich zu ihm. Abdeslam bestellte ein Glas Tee für ihn. Nachdem der Tee gekommen war, unterhielten sie sich eine Weile.

Erzähl mir, Bruder, sagte Bachir. Das ist nicht der richtige Ort für dich. Du kennst dich hier nicht aus.

Abdeslam seufzte. Er war froh, mit einem Mann aus seinem Viertel reden zu können, einem Mann, der ihn Bruder nannte, denn er brauchte jemanden, der zuhörte, wenn er ihm alles erzählte. Bachir war fast dreißig Jahre alt. Er war Hafenarbeiter. Abdeslam zündete sich noch eine Zigarette an und begann zu reden. Er erzählte Bachir die ganze Geschichte, als ob sein Vater ihn an eben diesem Morgen hinausgeworfen hätte. Bachir saß da und nickte, bis er fertig war.

Die Schule ist auch nicht das Richtige für dich, sagte er. Er hätte dich in der Moschee lassen sollen.

Ich kann ja nichts anderes tun als darauf warten, daß das Unglück beginnt, sagte Abdeslam.

Hast du einen Platz zum Schlafen?

Noch nicht, aber ich nehme mir ein Hotelzimmer.

Nein! sagte Bachir. Ich habe zwei Zimmer in meinem Mahal, in jedem ist ein Bett. Mach dir keine Sorgen. Ich werde irgendeine Arbeit für dich finden.

Warte, sagte Abdeslam. Er mochte Bachir, aber es schien zu früh, wieder irgendwo einzuziehen. Er hatte noch keine Zeit für Abenteuer gehabt. Laß mich nachdenken. Es dauert noch lange, bis es dunkel wird. Ich muß es mir überlegen.

Recht so. Laß dir Zeit, sagte Bachir.

Gleich darauf sagte Abdeslam: Wieviel zahlst du dort, wo du wohnst?

Hundert Peseten im Monat.

Ich zahle fünfzig. Dann kostet es für dich nur fünfzig.

Gut, sagte Bachir. Er hatte nicht erwartet, daß Abdeslam überhaupt etwas zahlen würde.

Abdeslam nahm zweihundert Peseten und gab sie Bachir. Das ist die Miete für vier Monate, sagte er.

Bachir sah das Geld mißtrauisch an, bevor er es in die Tasche steckte. Er glaubt, ich habe es zu Hause gestohlen, dachte Abdeslam.

Gut. Gehen wir, sagte Bachir.

Abdeslam hatte seinen Tee noch nicht ausgetrunken, und so saßen sie noch eine Weile da. Dann nahm er wieder sein Geld heraus und bezahlte die zwei Gläser Tee.

6

Abdeslam und Bachir verließen das Café. Sie überquerten den Zoco Chico und stiegen den Hügel zum Benider-Viertel hinauf. Der Mahal lag am Ende eines kleinen Durchgangs. Bachir sperrte die Tür auf, und sie betraten ein Wohnzimmer mit Matratzen an den Seiten. Im Haus war es ruhig und trokken.

Sie setzten sich hin und rauchten.

Dann sprang Bachir auf. Komm und sieh dir das Zimmer an, sagte er. Auf einer großen Rohrmatte lag eine Matratze. Darüber hatte Bachir vier Bilder an die Wand gehängt: eines zeigte den singenden Abd el Wahab, eines Bachir selbst, eines hohe Berge und eines einen Fluß mit Bäumen am Ufer. Neben der Matratze stand ein kleiner Tisch und auf der anderen Seite des Zimmers eine lange Kommode.

Bachir brachte zwei Decken und warf sie auf die Matratze.

Und das ist mein Zimmer, sagte er. Bachir hatte ein europäisches Bett aus Messingrohr, und auf dem Boden lag Linoleum. In der Küche hatte er einen Primuskocher und ein Mijmah für Holzkohle. An der Wand hing das Foto eines nackten französischen Mädchens.

Sie setzten sich wieder, und Bachir sagte: Wenn mein Vater zu mir gesagt hätte, ich solle verschwinden, dann wäre ich gegangen, aber ich wäre nicht weggeblieben. Ich wäre zurückgekommen. Auch wenn er mich geschlagen hätte, wäre ich zurückgekommen. Er muß für dich sorgen. Du bist zu jung. Du kannst dich nicht selbst erhalten.

Abdeslam sah ihn an. Bachir, sagte er, du verstehst das nicht. Als er mich schlug, haßte ich ihn so sehr, daß ich weglaufen mußte. Ich kann nicht zurück. Etwas Schreckliches würde passieren. Schlimmer noch als das, was passieren wird, wenn ich hierbliebe.

Nichts wird dir hier passieren, sagte Bachir. Aber schließlich wirst du doch zurückgehen müssen. Er ist dein Vater. Du kannst ihn nicht einfach zurücklassen. Selbst wenn du nicht sein Fleisch und Blut wärst, würde er dich nicht für immer hinauswerfen.

Ich habe oft und oft darüber nachgedacht, sagte Abdeslam zu ihm. Ich möchte nicht darüber reden. Ich kann nicht zurück.

Lassen wir es, sagte Bachir. Jetzt wohnst du hier im Haus. Das ist dein Schlüssel. Jeder kann kommen und gehen, wie er will.

Ist etwas zu essen da? fragte Abdeslam.

Warte. Bachir stand auf und ging hinaus. Bald kam er mit einer Tajine mit Fleisch und Oliven zurück, die er in einem Restaurant gekauft hatte. Er brachte Salat mit, einen Laib Brot und einen Liter Wein. Schließlich breitete er alles auf dem Taifor aus, und sie setzten sich zum Essen. In diesem Augenblick klopfte es an der Tür. Wer ist da? rief Bachir.

Eine Frau rief draußen auf der Gasse: Ich!

Bachir ging zur Tür. Er kam mit einer Frau zurück, die in einen Haik gehüllt war. Das ist Aouicha.

Hallo, sagte Abdeslam.

Sie legte ihren Haik und ihren Schleier ab und setzte sich zu ihnen auf die Matratze, um zu essen. Abdeslam fand sie sehr hübsch.

Bachir nahm drei Gläser vom Regal. Abdeslam sah ihn mit der Flasche Wein kommen und drehte sein Glas um. Ich trinke keinen Alkohol, sagte er zu ihm.

So kann das nicht weitergehen, sagte Bachir.

Nachdem sie gegessen und Bachir und Aouicha den Wein ausgetrunken hatten, waren sie alle guter Laune und begannen zu singen.

Nach einer Weile sagte Bachir: Heute ist mein freier Tag. Aouicha, du bleibst bis zum Abend. Ich werde etwas zu essen holen.

Ich glaube, ich gehe spazieren, sagte Abdeslam.

Ich bleibe hier, sagte Aouicha. Ich habe keine Lust, irgendwohin zu gehen.

Bachir und Abdeslam gingen gemeinsam bis zum Zoco Chico. Dann ging Abdeslam bis zur Avenida de España hinunter und bis an ihr Ende. Am Strand waren nicht viele Leute. Der Wind war kalt und peitschte den Sand in die Luft. Er ging zurück in die Stadt. Schließlich stieg er den Hügel nach Benider hinauf und klopfte am Mahal. Aouicha schob den Riegel zurück.

War es ein schöner Spaziergang? fragte sie ihn.

Ja. Ich war am Strand.

Ganz allein?

Ja.

Sie sah ihn einen Augenblick an. Dann sagte sie: Du tust mir leid, Abdeslam. So ein kleiner Junge, ganz allein, und wohnst an einem solchen Ort. Das ist nicht gut für dich. Du solltest nicht hier sein. Es wäre viel besser, wenn du fortgingst. Nicht eine Nacht solltest du hier schlafen.

Und wohin soll ich dann gehen? Ich habe die Miete schon bezahlt.

Es gibt eine Menge Hotels, wo du ohne Schwierigkeiten wohnen könntest, sagte sie.

Weißt du, selbst als ich noch zu Hause wohnte, wußte ich schon, daß ich an so einem Ort landen würde, sagte er. Ich könnte an einem schlimmeren Ort wohnen, wenn ich müßte. Das macht mir nichts aus.

Ich habe Angst um dich, weil du nicht weißt, wie man Angst um sich selbst hat, sagte Aouicha. Du wirst ganz sicher in Schwierigkeiten kommen. Du wirst noch im Gefängnis enden oder umgebracht.

Bitte! Reden wir über etwas Angenehmes. Wer redet schon gern vom Umgebrachtwerden?

Na gut.

Gleich darauf sagte er: Zu dumm, daß ich nicht größer bin. Wenn ich achtzehn oder zwanzig wäre, könnte ich dich heiraten. Ich wäre gern mit einem Mädchen wie dir verheiratet.

Aouicha lachte. Ich wollte, du wärst zwanzig, sagte sie. Dann wäre dein Gesicht nicht so hübsch. Deshalb tust du mir leid. Hier sind immer Betrunkene, und irgendwann wird einer hinter dir her sein. Daran hast du wohl nicht gedacht, oder?

Mach dir keine Sorgen um mich. Ich kann auf mich selber aufpassen.

Bald darauf öffnete Bachir die Tür. Salaam aleikoum.

Aleikoum salaam.

Seit wann bist du wieder da? fragte er Abdeslam.

Schon lange.

Aouicha begann Essen zu machen. Bachir setzte sich. Heute abend gibt es einen guten Film, sagte er zu Abdeslam. Den sollten wir uns ansehen.

Wo?

Im Alcazar.

Was für einer?

Kriegsfilm.

Gut. Gehen wir, sagte Abdeslam.

Als das Essen fertig war, war es dunkel. Nach dem Essen saßen sie noch eine Weile da, tranken Tee und redeten. Dann schlüpften sie in ihre Umhänge und gingen auf die Straße.

Im Alcazar saß Abdeslam zwischen ihnen. Sie kauften Erdnüsse und Sonnenblumenkerne, und die Geräusche, die sie beim Essen machten, waren manchmal lauter als der Film. Sie redeten nichts, während sie zuschauten. Sie blickten nur auf die Soldaten und die Indianer mit ihren Federn auf dem Kopf. Dann und wann sagte Aouicha zu Bachir: Bist du schläfrig? Jedesmal antwortete er: Nein.

Dann war der Film zu Ende, und sie gingen hinaus.

Ich bin hungrig, sagte Abdeslam. Ich möchte etwas essen. Sie gingen in die Calle de los Cristianos und bestellten Kalbsleber am Spieß. Abdeslam sagte immer wieder, er wolle ein

Dutzend davon. Sie nahmen die Leber mit zum Mahal. Bachir lief voraus und kam nur etwa eine Minute nach ihnen. Er brachte drei Flaschen Wein und noch ein Mädchen mit.

Das ist Zohra, sagte er zu Abdeslam.

Zu Zohra sagte er: Du kennst doch Aouicha, oder?

Zohra legte ihren Haik ab. Sie war jünger als Aouicha, aber sie hatte gekraustes Haar, war dick und nicht sehr hübsch. Die drei Erwachsenen saßen da, rauchten und tranken den Wein, der auf dem Taifor stand. Abdeslam sah und hörte nur zu. Er schaute mehr auf Bachir als auf die Mädchen. Bachir sah gut aus, hatte lockiges schwarzes Haar und in der Mitte zusammengewachsene Augenbrauen. Jemand hatte ihm auf einer Seite einen Stich in den Hals versetzt, weshalb er eine lange Narbe hatte, die von seinem Ohr bis auf die Schulter reichte. Auf seinem rechten Arm waren zwei farbige Bilder – ein nacktes Mädchen und ein Messer, das ein Herz durchbohrte, aus dem Blut drang.

Sie saßen da und redeten ununterbrochen, etwa zwei Stunden lang. Dann war der Wein zu Ende. Wartet, sagte Bachir, ich gehe und hole noch welchen.

Es ist zu spät, sagte Aouicha. Du wirst keinen mehr bekommen.

Bachir hatte schon seine Jacke an. Vorher komme ich nicht zurück, sagte er zu ihr.

Nachdem er gegangen war, begannen Aouicha und Zohra leise miteinander zu reden. Abdeslam lag mit dem Kopf an die Kissen gelehnt, die Augen geschlossen, aber er schlief nicht.

Zohra sagte, sie wolle nicht die ganze Nacht bei Bachir bleiben, weil sie Angst vor ihm habe. Das interessierte Abdeslam sehr. Er wußte eigentlich nichts über Männer und Frauen, ausgenommen das, was er von den anderen Jungen gehört hatte, und er konnte sich nicht vorstellen, warum Zohra vor Bachir Angst haben sollte. Er hörte aufmerksam zu.

Es war ohnehin schon schlimm genug, fuhr Zohra fort.

Aber als er damit anfing, schrie sie, und er mußte aufhören. Und als Habiba zwölf Tage im Kortobi-Krankenhaus lag, war das auch Bachirs Schuld. Aber sie hat es zugelassen. Es war ihre eigene Schuld.

Ja, ich erinnere mich, sagte Aouicha. Wenn du Angst hast, dann bleib nicht bei ihm. Er will das nicht immer. Er ist eben Jungen gewohnt.

Warum nimmt er sich dann nicht einen? sagte Zohra. Ich gehe doch nicht ins Krankenhaus, nur damit er seinen Spaß hat.

Aouicha gab keine Antwort. Ohne seine Augen zu öffnen, wußte Abdeslam, daß beide Frauen ihn ansahen. Er hörte, wie Zohra flüsterte: Armes Ding! Dann öffnete er seine Augen doch einen Spalt. Er sah, wie Aouicha mit dem Kopf nickte. Er schloß wieder die Augen und lag ruhig da, und die Frauen redeten über andere Dinge. Bald darauf kam Bachir zurück und hielt zwei Flaschen Cachir-Wein über dem Kopf wie zwei Hörner. Er zog beide Korken heraus, und die drei begannen wieder zu trinken. Abdeslam schlief ein.

Als er aufwachte, sah er, wie Bachir gähnte und sich streckte.

Ich gehe schlafen, sagte Bachir. Er griff nach Zohras Brust und begann sie zu drücken, und sie ließ den Kopf gegen ihn sinken. Einen Moment später sagte er: Aouicha, bring den Jungen ins andere Zimmer und schau, was du mit ihm machen kannst, Zohra und ich gehen schlafen.

Aouicha starrte Bachir wütend an. Dann blickte sie auf Zohra. Zohra hatte ihre Hand auf Bachirs Oberschenkel und sah ihm in die Augen. Aouicha sprang auf, warf sich ihren Haik über und ging, ohne ein Wort zu sagen. Sie schlug die Tür hinter sich zu.

Abdeslam stand auf. Er sagte gute Nacht zu Bachir, der keine Antwort gab. Er ging in sein Zimmer, machte die Tür zu und legte sich auf seine Matratze.

Es war schändlich von Bachir, so etwas zu Aouicha zu sagen, wenn auch nur im Scherz, dachte er, und ihr Zorn war berechtigt gewesen. Dann fragte er sich, ob Zohra morgen ins Krankenhaus müßte. Er horchte, ob sie schrie. Ein paar Minuten lang hörte er sie sprechen und Bachir antworten, und dann schlief er ein.

7

Am Morgen stand Bachir als erster auf. Er ging um sechs Uhr aus dem Haus, um pünktlich bei seiner Arbeit im Hafen zu sein. Als Abdeslam hörte, wie er die Tür zuschlug, stand er auf und spähte in das andere Zimmer, um zu sehen, ob Zohra noch im Bett lag. Aber das Zimmer war leer. Er ging zum Ausguß und wusch sich, er war ganz aufgeregt. Nun, da er im Herzen der Stadt einen Schlafplatz hatte, stand es ihm frei, überall hinzugehen und nach Abenteuern Ausschau zu halten. Er machte sich Kaffee und aß ein herumliegendes Stück Brot. Dann ging er auf die Straße.

Es war ein sonniger, windiger Tag zu Winterbeginn. Während er dahinspazierte, begann er sich zu fragen, wohin er gehen sollte. Ich kann hingehen, wo ich will, dachte er, aber wohin will ich eigentlich? Und er beschloß, seinem Viertel einen Besuch abzustatten und den Bäcker Si Mohammed zu begrüßen. Er ging aus der Stadt hinaus und den Hügel hinauf, bis zu der Straße, wo der Backofen war.

Si Mohammed freute sich, ihn zu sehen. Komm herein, sagte er. Wo wohnst du jetzt?

Unten in der Medina.

Hast du Arbeit?

Nein.

Bei wem wohnst du?

Bei einem Bekannten.

Si Mohammed schüttelte den Kopf. Schade, Abdeslam, sehr schade.

Was meinst du damit, sehr schade?

Ich fürchte, du wirst es im Leben nie zu etwas bringen.

Warum nicht? rief Abdeslam.

Bei wem wohnst du? Das möchte ich wissen.

Si Mohammed, ich bin gekommen, um dich zu besuchen und an einem warmen Ort zu sitzen und mich mit dir zu unterhalten.

Schon recht, Abdeslam. Trinken wir einen Tee.

Si Mohammed klatschte in die Hände. Als der Boy eintrat, gab er ihm Geld, um im Bacal Zucker und Tee und Minze zu holen. Dann füllte er einen Wasserkessel an und stellte ihn auf den Ofen. Er nahm die Teekanne und füllte sie mit Minze, bevor er den Tee eingoß. Dann reichte er Abdeslam ein Glas.

Während er seinen Tee trank, erzählte ihm Si Mohammed, was sich im Viertel ereignet hatte. Am Ende des dritten Glases sagte Abdeslam zu Si Mohammed, wie gut sein Tee gewesen sei, und stand auf. Beim Hinausgehen sagte er, daß er bald einmal wiederkommen werde.

Unten in der Medina erkundete er eine Zeitlang die Hintergäßchen. Er stand auf dem Zoco de Fuera und sah den Leuten beim Kaufen und Verkaufen zu. Schließlich machte er sich auf den Weg zum Mahal in Benider.

Es war niemand da. Er setzte sich auf die Matratze in seinem Zimmer und begann der Stille zuzuhören, und nach einer Weile merkte er, daß er weinte. Der Teil von ihm, der ohne sein Wissen zu weinen begonnen hatte, sagte: Was mache ich hier so allein? Alle seine Freunde lebten bei ihren Familien und waren glücklich. Er sagte sich, daß er machte, was er wollte, aber er hatte Angst, er könnte nicht groß genug sein, um es allein zu schaffen.

Ich bin schon lange weg, dachte er, damit er sich besser fühlte. Und ich werde noch viel länger wegbleiben. Er stellte sich seine Freunde in dem verfallenen Schuppen vor, die Jungen, mit denen er jeden Tag gespielt hatte. Aber er war schon so lange nicht mehr bei ihnen gewesen, daß er nicht sicher war, ob sie noch existierten. Er wußte, wenn er an diesem Nachmittag zum Schuppen ging und sie da waren, würden sie alles bleiben lassen, was sie gerade machten, ihn anstarren und ausfragen. Er wollte keine Antworten geben müssen.

Also habe ich auch keine Freunde mehr, dachte er. Je weiter der Nachmittag fortschritt, desto dunkler wurde es im Zimmer. Abdeslam saß regungslos da.

Jemand auf der Straße klopfte an die Tür. Er weinte immer noch, als er hinging und öffnete. Aouicha trat ein. Er versuchte sich abzuwenden, aber sie bemerkte seinen Gesichtsausdruck.

Was ist los?

Nichts ist los.

Erzähl es mir doch, sagte sie und setzte sich. Weshalb weinst du? Was willst du?

Ich will sterben, sagte er.

Sie sprang auf. Wie kannst du so etwas sagen!

Das brauchst du mir nicht zu sagen. Ich habe den Koran gelesen. Es ist eine Sünde, wenn man sterben will, das weiß ich. Aber so, wie ich jetzt leben muß, habe ich ein Recht darauf, tot sein zu wollen. Denn was auch passiert und wie schlimm es auch ist, ich weiß doch, daß das Nächste noch schlimmer sein wird.

Aouicha begann im Zimmer herumzugehen. Abdeslam, sagte sie, bitte hör auf zu weinen. Es tut mir weh, dich so zu sehen. Dann begann auch sie zu weinen. Sie legte die Arme um Abdeslam und küßte ihn.

Ich höre schon auf, sagte er, und er ging zum Ausguß und wusch sich das Gesicht. Aouicha zündete den Primuskocher an. Trinken wir einen Tee und singen wir ein bißchen, schlug sie vor.

Ich wußte nicht, daß du allein singen kannst, sagte er. Ja. Sing etwas.

Sie begann ein Mouwal zu singen, und Abdeslam gefiel ihre tiefe, leise Stimme. Sie sang das Mouwal sehr langsam und erfand ihre eigenen Variationen, so daß es lange dauerte. Als sie fertig war, schüttelte er den Kopf und sagte: Wirklich. Du weißt, wie man ein Mouwal singt.

Nachdem Aouicha den Tee in die Gläser gegossen hatte, lehnte sie sich zurück. Was weißt du über Mouwals? fragte sie.

Nichts. Aber ich mag deine Stimme. Die Stimme ist das Wichtige. Um das zu wissen, muß ich nichts von Mouwals verstehen.

Die Tür öffnete sich, und Bachir trat ein. Er setzte sich und trank ein Glas Tee. Dann fragte er Abdeslam, was er am Nachmittag getan habe. Abdeslam sagte zu ihm, er habe den Bäcker besucht und mit ihm Tee getrunken.

Bachir sah ihn scharf an. Wer ist dieser Bäcker? sagte er. Warum besuchst du ihn?

Abdeslam war überrascht. Er sagte nichts.

Ich habe mich schon gefragt, woher du das ganze Geld hast, sagte Bachir. Ich hätte es wissen sollen. Natürlich hat jeder hübsche Junge in der Stadt Geld.

Noch immer antwortete Abdeslam nicht.

Aouicha blickte finster. Schäm dich, Bachir, so etwas zu ihm zu sagen.

Da lachte Bachir. Ich rede ja nur, sagte er und schlug Abdeslam aufs Knie. Hör nicht auf mich. Weißt du, Abdeslam, das Mädchen neben dir, die schöne kleine Aouicha, die möchte ich ins Bett kriegen. Vielleicht wäre es sogar heute abend günstig. Was meinst du?

Warum nicht, wenn sie schläfrig wird? sagte Abdeslam. Er wußte, was Bachir meinte, aber da ihm der Gedanke nicht behagte, mußte er so tun, als begreife er nicht.

Wieder lachte Bachir, doch Aouicha sagte: Ich bin nicht schläfrig.

Du wirst es schon werden, sagte Bachir.

Wir werden ja sehen, wie schläfrig ich bin, sagte sie. Kurz darauf stand sie auf und ging nach Hause.

Bachir hatte offenbar keine Lust mehr, mit Abdeslam zu reden; also ging dieser in sein Zimmer und begann wieder einmal Harun al Raschid zu lesen.

8

An diesem Abend ging Bachir aus. Abdeslam machte sich selbst etwas zu essen und ging schlafen. Als er am nächsten Morgen die Tür zum anderen Zimmer öffnete, sah er, daß Bachir nicht zu Hause geschlafen hatte. Während er Kaffee trank, kam Aouicha und setzte sich zu ihm.

Alles in Ordnung? wollte sie wissen.

Natürlich, sagte er. Bachir ist gleich gegangen, nachdem du weg warst, und nicht mehr zurückgekommen.

Weißt du, ich mach mir Sorgen um dich, Abdeslam.

Er lachte. Aouicha half ihm aufzuräumen und das Geschirr abzuwaschen. Als sie fertig waren, sagte sie: Jetzt mache ich Tee, und wir setzen uns hin.

Nein, sagte Abdeslam. Wir gehen in ein Café.

Ein Café? rief sie. Ich kann doch in kein Café gehen! Ich wäre die einzige Frau dort. Das können wir nicht machen.

Aber es ist ein besonderes Café mit einem großen Garten, und tagsüber ist niemand dort.

Sie wollte nicht gehen, aber schließlich überredete er sie. Sie gingen bis zum Zoco de Fuera und nahmen von dort ein Taxi bis nach Sidi Boukhari. Das Café war in der Nähe von Abdeslams Viertel. Die Sonne schien, und der Wind roch nach brennenden Blättern.

Abdeslam ließ Aouicha im Taxi warten, während er hineinging und mit dem Besitzer des Cafés sprach, einem alten Mann, den er kannte. Als er sie durch das Café hinaus in den Garten führte, stand ein Tisch für sie bereit. Er war hinter

Weinreben verborgen, die ihn von den übrigen Tischen abschirmten. Aouicha setzte sich, und Abdeslam ging in die Küche und bestellte zwei Coca-Cola.

Als der Besitzer die Getränke brachte, sah er Abdeslam an und schüttelte den Kopf. Dann ging er zurück zur Feuerstelle und sagte zu sich: Allah! Es ist eine Schande! Der arme Junge sollte bei seiner Familie sein. Sitzt schon mit Huren herum und raucht auch noch Zigaretten. Schrecklich!

Er hantierte eine Weile und murmelte vor sich hin, dann rief er nach Abdeslam: Komm doch einmal her. Ich möchte mit dir reden.

Abdeslam stand auf und ging zu dem Mann hinein, der an der Feuerstelle stand.

Abdeslam, mein Sohn, schäm dich!

Was habe ich getan? sagte Abdeslam.

Ich hätte nicht gedacht, daß ein Junge wie du so etwas tut. Ich habe deinen Vater auf der Straße getroffen, und er hat mir alles erzählt.

Was immer er auch gesagt hat, es waren nichts als Lügen! rief Abdeslam. Kein einziges Wort daran ist wahr. Ich war immer brav und habe immer getan, was er sagte. Und er hat mich geschlagen. Blut ist geflossen! Er hat gesagt: Verschwinde und laß dich nicht mehr blicken!

Ich weiß, sagte der Besitzer des Cafés und versuchte etwas zu sagen.

Abdeslam war sehr aufgeregt und fuhr fort: Als er mich schlug, da war es am schlimmsten. Als ich ihm ins Gesicht sehen wollte, konnte ich es nicht sehen. Aber jetzt habe ich einen Freund gefunden, und ich habe eine Unterkunft.

Einen Freund? Wen denn?

Bachir Zerhouni. Kennst du ihn?

Ja, ich kenne ihn.

Bei ihm wohne ich jetzt. Und diese Frau hier ist sehr nett. Sie hat mir sehr geholfen. Wenn du mich jetzt entschuldigst, ich gehe wieder zu ihr und rede mit ihr.

Natürlich, mein Sohn.

Abdeslam ging wieder hinaus zu Aouicha, die hinter der Wand aus Weinreben saß. Ich war lange weg, oder?

Das macht nichts, sagte sie.

Tut mir leid. Der Besitzer ist ein alter Freund von mir. Er wollte wissen, warum ich nicht nach Hause gehe. Er hat meinen Vater getroffen und mit ihm gesprochen. Was macht es schon aus, ob er es getan hat oder nicht. Er kann mich nicht zwingen, nach Hause zu gehen!

Sollten wir nicht langsam aufbrechen? fragte Aouicha.

Aber wir könnten hier Mittag essen. Gefällt dir das Café nicht?

Natürlich gefällt es mir, sagte sie. Es ist wunderschön. Der Garten und all die Blumen. Aber ich habe kein Geld und will nicht, daß du bezahlst. Und um zwei Uhr muß ich bei der Arbeit sein.

Wir haben noch viel Zeit, und ich habe Geld, sagte Abdeslam.

Vor Jahren bin ich einmal mit meiner Schwester hier vorbeigegangen, sagte Aouicha. Ich weiß noch, daß ich in den Garten hineingeschaut habe. Ich habe gedacht, er gehört einem Christen. Ich wußte nicht, daß es ein Café ist.

Abdeslam ging in die Küche und bestellte sechzehn Leber-und-Lamm-Spießchen. Während sie sie mit Brot und Oliven aßen, flog ein Storch herab und spazierte zwischen den Pflanzen am anderen Ende des Gartens umher. Abdeslam sah ihm zu und lachte.

Sie sah ihn an. Abdeslam, sagte sie, kennst du keine anderen Jungen, mit denen du spielen kannst?

Er blickte finster. Ich will nicht spielen, sagte er.

Aber alle Jungen spielen. Jeder spielt.

Nein! rief er. Ich will keine Freunde zum Spielen! Ich will arbeiten und Geld verdienen.

Aouicha schüttelte den Kopf.

Als er in die Küche ging, um beim Besitzer des Cafés zu bezahlen, sagte der Mann: Du solltest bei deiner Familie leben und nicht mit Frauen in der Stadt herumflanieren. Und Bachir Zerhouni ist ein Säufer. Ein Moslem, der Alkohol trinkt, ist um nichts besser als ein Hund. Und bei so einem wohnst du.

Du hast recht, sagte Abdeslam. Er hatte keine Lust mehr zu reden. Auf Wiedersehen.

Die beiden gingen auf die Straße hinaus, und Abdeslam nahm Aouichas Arm. Sie war viel größer als er. Vor dem Spanischen Konsulat fanden sie ein Taxi und fuhren damit in die Stadt bis zur Nylonfabrik, in der Aouicha arbeitete.

Um acht Uhr hole ich dich hier ab, sagte er zu ihr. Du mußt mit Bachir und mir Abend essen.

Ich will ihn nicht sehen, protestierte Aouicha.

Du mußt kommen. Bitte.

Aouicha lachte und tätschelte seine Schulter. Also gut, sagte sie.

Den ganzen Nachmittag spazierte Abdeslam durch die Gassen der Medina, bis ihm viele von ihnen vertraut waren. Ein Abenteuer hatte er. Ein Mann, der die Vorderseite seines Ladens in der Calle Ibn Khaldoun anstrich, bespritzte seinen Ärmel mit Farbe. In der Dämmerung ging er zum Mahal in Benider zurück. Dort war es dunkel und leer. Er zündete die Lampe an, setzte sich und wartete auf Bachir, während er den kleinen Kindern zuhörte, die draußen auf der Gasse spielten. Bachir kam nicht. Um halb acht machte er sich zu Fuß auf den Weg zur Nylonfabrik. Vor dem Tor traf er Aouicha, und sie gingen zurück zum Mahal.

Bachir war da. Ah, Aouicha! rief er. Komm herein. Willkommen! Abdeslam beobachtete ihn, um zu sehen, ob er wütend auf sie war, weil sie am Abend davor weggelaufen war, aber er war es nicht. Eine Weile saßen sie da, rauchten und unterhielten sich, und dann begann Aouicha das Essen zuzubereiten. Während sie aßen, sagte Abdeslam: Wenn wir fertig sind, werde ich euch ein Kunststück zeigen.

Gut, sagte Bachir.

Bald darauf stand Abdeslam auf und nahm die Kohlenpfanne in die Hand. Da drin ist Feuer. Seht ihr es? sagte er.

Paß auf. Welchen Unsinn willst du mit dem Feuer machen?

Ich werde drei oder vier Wörter sagen, und bei jedem Wort wird das Feuer verlöschen. Und wenn ich die Wörter gesagt habe, wird es wieder aufflammen.

Aouicha und Bachir lachten. Abdeslam fachte das Feuer mit dem Blasebalg an und stellte die Kohlenpfanne vor sie auf den Taifor. Er nahm zwei Stäbe und bewegte sie über dem Feuer hin und her, während er eine Koransure sprach.

Schließlich sagte Bachir: Dieses Spiel macht mich nervös. Stell die Kohlenpfanne zurück und spiel etwas anderes.

Nie laßt ihr mich etwas machen, sagte Abdeslam. Also gut, dann mache ich eben nichts. Ich sitze da und schaue euch zu, und ihr redet. Du bist alt, und sie ist alt. Du bist mein Vater, und sie ist meine Mutter.

Bachir warf einen Blick auf Aouicha.

Wenn wir zu dritt auf der Straße gehen, werden die Leute glauben, daß ihr meine Eltern seid. Und wenn ich allein mit ihr bin, wird man sie für meine Schwester halten. Kein Mensch wird glauben, daß sie nur eine Bekannte ist.

Bachir lachte. Du willst, daß man sie für deine Freundin hält? Da mußt du noch lange warten, bis jemand das glaubt.

So meine ich nicht. Ich meine einfach eine Bekannte.

Bachir deutete mit dem Finger auf Abdeslam. Eine Frau kann nie einfach eine Bekannte sein, sagte er.

9

Normalerweise arbeitete Aouicha täglich sechs Stunden in der Nylonfabrik. Einige Tage später ging sie am Nachmittag überhaupt nicht zur Arbeit. Statt dessen ging sie hinauf zum Boulevard Pasteur und betrachtete die Schaufenster. In einem sah sie einige Tiere, die tanzten, wenn man sie aufzog. Sie kaufte ein Kaninchen aus Fell, das hüpfte, und einen dikken Bären, der eine Trommel schlug. Dann machte sie sich auf den Weg zu Bachirs Mahal. Sie klopfte an die Tür. Niemand öffnete, und so ging sie weiter, hinunter zur Avenida de España.

Es dauerte nicht lange, und sie erblickte Abdeslam, der unter den Palmen in der Nähe des Parks dahinspazierte. Sie rief seinen Namen, und er drehte sich um.

Wohin gehst du? wollte sie wissen.

Ich gehe in eine Bar hier in der Nähe, um zu fragen, ob sie einen Job für mich haben. Sie gehört einem Christen. Mal sehen, ob ich Glück habe oder nicht.

Willst du wirklich arbeiten?

Natürlich will ich arbeiten. Mein ganzes Geld ist weg. Bis auf fünfzig Peseten. Was soll ich mit fünfzig Peseten anfangen? Jetzt, wo ich meine Miete bezahlt habe, brauche ich Kleidung und Schuhe. Ich brauche alles mögliche. Und das bekomme ich nicht für fünfzig Peseten.

Aouicha schwieg einen Augenblick. Dann sagte sie: Wieviel Geld brauchst du?

Das kann ich nicht sagen. Ich weiß, daß ich Geld brauche, aber ich weiß nicht, wieviel.

Wenn du Geld brauchst, kannst du es von mir bekommen, sagte sie.

Nein, Aouicha. Mein ganzes Leben lang habe ich gesehen, wie mein Vater seinen Frauen Geld gegeben hat. Und nicht sie ihm.

Das hat nichts damit zu tun, sagte sie. Ich gebe dir das Geld, und du kannst dir Kleider kaufen. Du willst doch nicht wirklich einen Job. Ich kann für dich sorgen.

Er ergriff ihren Arm. Aouicha, ich weiß, du würdest mir das Geld geben. Aber ich kann es nicht annehmen.

Wie du willst, sagte sie und zog ihren Haik enger um den Kopf.

Hier ist die Bar, sagte Abdeslam. Ich kenne einen Jungen, der hier arbeitet, und ich werde mit ihm reden. Du wartest hier.

Aouicha stand auf dem Gehsteig und sah sich die Leute an, während er in die Bar ging. Als er die Tür hinter sich schloß, kam ein Engländer auf ihn zu und fragte ihn, was er wolle. Abdeslam nannte ihm den Namen seines Freundes.

Er hat heute frei, sagte der Engländer. Wenn du eine Nachricht für ihn hast, sag es mir, und ich werde dafür sorgen, daß er sie morgen erfährt.

Ich wollte nur wissen, ob er Arbeit für mich gefunden hat. Er hat versprochen, er würde versuchen, etwas für mich zu finden. Er hat gesagt, ich solle hier bei ihm vorbeikommen, sobald er mit seinem Chef gesprochen hätte.

Ich bin sein Chef, sagte der Mann und sah sich Abdeslam genau an. Ich könnte dich in der Bar gebrauchen, Gläser abtrocknen und Möbel polieren. Keine schwere Arbeit.

Gut, sagte Abdeslam und lächelte.

Du kommst also morgen früh um zehn Uhr. Ab sieben Uhr abends hast du frei. So sieht dein Tag aus.

In Ordnung. Aber wieviel zahlen Sie?

Sagen wir fünfzig Peseten pro Tag.

Gut.

Abdeslam ging zu Aouicha hinaus.

Wie war es?

Alles geregelt, sagte er. Ich habe den Job, und ich muß morgen um zehn Uhr hier sein. Fünfzig Peseten pro Tag.

Lachend und sehr glücklich stiegen sie wieder zum Mahal hinauf. Abdeslam setzte sich, und Aouicha zündete den Primuskocher an und stellte Wasser auf. Dann nahm sie die Spielsachen heraus.

Abdeslam warf einen Blick darauf, während sie sie auspackte. Sie waren für ein kleines Kind. Sein jüngerer Bruder Aziz wäre begeistert gewesen. Aber ihm war klar, daß er sich das nicht anmerken lassen durfte.

Laß sehen! rief er.

Sie hockten sich mit den Spielsachen auf den Boden. Abdeslam nahm den Bären mit der Trommel und Aouicha das Kaninchen. Sie zogen sie auf und stellten sie so, daß sie sich aufeinander zubewegten. Der Bär schlug die Trommel, und das Kaninchen sprang auf ihn und stieß ihn um. Er lag hopsend auf dem Boden und trommelte noch immer. Sie lachten, bis es endlich still war.

Abdeslam ging hin und hob das Kaninchen auf, um es sich genau anzusehen, da er es noch nicht näher untersucht hatte. Während er dastand, näherte sich ihm Aouicha von hinten, und ihr Haar fiel gegen seine Wange. Er hob die Hand und schob es beiseite. In diesem Augenblick beugte sie sich vor und küßte ihn auf den Mund. Danach trat sie zurück und sah ihn an. Er bewegte sich nicht, sondern stand da und starrte sie an.

Als du mich geküßt hast, habe ich am ganzen Körper eine Gänsehaut bekommen, sagte er.

Sie lachte: Das tut dir gut.

Nein, ich mag dieses Gefühl nicht, sagte er. Entschuldige, daß ich das sage.

Aouicha ging zum Ausguß und machte zwei Gläser Kaffee. Dann kam sie damit zurück und setzte sich neben Abdeslam auf den Diwan.

Er trank ein paar Schluck Kaffee. Plötzlich lehnte er sich zurück gegen die Kissen. Ich bin schläfrig, sagte er.

Warum schläfst du nicht eine Weile? fragte sie ihn. Ich bleibe hier sitzen.

Er schloß die Augen. Einen Augenblick später spürte er, wie Aouicha sich über ihn beugte und seinen Kopf ganz sanft in ihre Hände nahm. Dann begann sie ihn auf Hals, Stirn, Wangen, Augen und sogar auf seine Nasenspitze zu küssen. Er lag mit geschlossenen Augen da, sein Herz klopfte sehr schnell. Da er sich nicht rührte, stand sie nach einer Weile auf und setzte sich auf ein Kissen auf der anderen Seite des Zimmers. Sie saß da, ohne etwas zu sagen. Schließlich öffnete er die Augen.

Aouicha, sagte er.

Was ist, Abdeslam?

Wirf mir bitte eine Zigarette herüber.

Sie zündete eine an und brachte sie ihm. Als sie sie ihm gab, nahm er ihre Hand und hielt sie fest. Setz dich, sagte er.

Sie setzte sich an den Rand des Sofas, und er richtete sich auf, so daß er aufrecht dasaß. Dann küßte er sie auf die Wange. Als seine Lippen sie berührten, begann sie zu lachen. Danke, sagte sie.

Im Zimmer wurde es langsam dunkel. Aouicha zündete die Lampe an und kam zum Sofa zurück.

Ich habe dich beobachtet, sagte Abdeslam. Und ich habe gemerkt, daß du über irgend etwas traurig bist. Aber ich weiß nicht, was es ist.

Nein, ich bin nicht traurig, sagte sie. Ich habe gerade daran gedacht, wie es war, als ich dich küßte. Du hast nicht an mich gedacht. Du hast nicht gesagt: Aouicha ist hier bei mir, oder?

Jemand klopfte an die Tür. Abdeslam stand auf und schob den Riegel zurück. Bachir kam mit zwei Spaniern herein. Das ist Manolo, sagte er. Und das ist Stito. Ich bin gleich wieder da.

Er ging hinaus. Die Spanier saßen da und schauten Aouicha an. Niemand sagte etwas. Bald darauf kam Bachir mit zwei Kisten Bier und stellte sie mitten auf den Boden. Dann ging er wieder weg, diesmal in ein Restaurant, und nahm einen großen Korb voll leerer Töpfe und Pfannen mit. Er kam mit dem Essen zurück, und sie setzten sich alle an den Taifor und begannen zu essen. Bevor sie mit dem Essen fertig waren, öffneten sie die Bierflaschen. Immer wieder machten sie eine auf, und Bachir reichte Abdeslam ein Glas.

Nein, ich trinke nicht.

Ein Bier wird dir nicht schaden.

Ich will keines. Ich will kein Bier und auch keinen Wein.

Aber hombre! rief Manolo. Wir können doch nicht hier sitzen und vor dir trinken. Und du trinkst nicht.

Er will nicht trinken, und niemand wird ihn dazu bringen, erklärte Aouicha.

Nein, nein! Natürlich nicht, sagte Manolo.

Das wäre also geklärt.

Sie tranken weiter. Bachir und die Spanier erzählten Geschichten und lachten. Während Abdeslam mit Aouicha redete, hörte er, wie Stito leise zu Bachir sagte: Ist das der Junge?

Er tat so, als wäre er mit Aouicha beschäftigt, hörte jedoch weiter den Männern zu.

Er ist der, von dem ich euch erzählt habe, sagte Bachir. Er wohnt hier bei mir.

Verstehe! sagte Stito. Diesmal hast du ja etwas ganz Besonderes aufgetrieben! Hijo de la gran puta!

Abdeslam sah den Spanier an. Er dachte: Beleidigt mich dieser Christ? Er überlegte noch ein wenig. Dann sagte er gute Nacht zu Aouicha und stand auf.

Ich muß morgen um zehn Uhr bei der Arbeit sein, sagte er zu Bachir.

Er ließ sie alle dort sitzen, ging in sein Zimmer, machte die Tür zu, zog sich aus und legte sich ins Bett. Schon bald darauf hörte er, wie Flaschen zerschlagen wurden. Er sprang auf und lief zur Tür. Manolo und Stito kämpften in der Mitte des Zimmers miteinander, und Bachir und Aouicha sahen ihnen zu. Als Bachir Abdeslam auf der Schwelle stehen sah, stand er auf und trennte seine beiden Freunde. Energisch stieß er sie dann beide auf die Straße hinaus.

Abdeslam schloß die Tür und legte sich wieder ins Bett. Er hörte, wie Aouicha das Haus verließ und rasch die Gasse hinunterging. Dann hörte er nur noch, wie Bachir von Zeit zu Zeit eine Flasche Bier öffnete.

10

Am nächsten Morgen begann Abdeslam mit seiner Arbeit. Sein Freund Ali war schon da, und er zeigte Abdeslam, wie seine Arbeit aussehen würde.

Am Vormittag polierte er Gläser. Später, als allmählich die Gäste kamen, schickten sie ihn zur nächsten Ecke, um Zigaretten und Zeitungen zu kaufen. Den ganzen Nachmittag lief er hin und her, und seine Taschen wurden schwer von den Münzen, die sie ihm gaben.

Als er an diesem Abend nach Hause kam, setzte er sich auf seine Matratze, um sein Geld zu zählen. Er hatte mehr als hundert Peseten Trinkgeld bekommen. Während er die Münzen sortierte, hörte er jemanden klopfen.

Es war Aouicha. Warst du bei der Arbeit? fragte sie.

Ja.

Wie war es?

Wunderbar! Schau, wieviel Geld ich von den Christen bekommen habe.

Das freut mich aber, sagte sie. Wenn es nur nicht zu schwer für dich ist.

Nein, es ist leicht. Es ist überhaupt keine Arbeit.

Ich habe etwas für dich, sagte Aouicha. Sie zog eine Schachtel unter ihrem Haik hervor und gab sie ihm.

Es waren ein paar Streifen aus Metall. Dann sah er, daß es Schienen für eine Spielzeugeisenbahn waren, die, in Seidenpapier eingewickelt, auf dem Boden der Schachtel lag.

Wieviel hat sie gekostet? fragte er.

Zweihundertfünfundsiebzig Peseten.

Sie ist schön!

Aouicha setzte sich auf den Boden und steckte die Schienen zusammen. Dann zog sie die Lokomotive auf und ließ den kleinen Zug auf den Schienen im Kreis fahren.

Gefällt sie dir?

Ja! sagte er. Danke, Aouicha.

Sie saß da und sah ihm zu. Er ist noch ein Kind, dachte sie. Aber das macht nichts. Ich liebe ihn, auch wenn er zu jung ist, um es zu verstehen.

Gehen wir ins Kino? fragte Abdeslam.

Okay.

Sie gingen ins Ciné Paris und sahen sich einen spanischen Film an, in dem ein junger Mann in ein Mädchen verliebt war. Abdeslam und Aouicha verstanden beide Spanisch. Das war gut, da der junge Mann und das Mädchen eigentlich nur redeten und sangen. Als sie nach dem Film auf die Straße gingen, fragte Aouicha: Hat dir der Film gefallen?

Er war nicht schlecht.

Ja, sagte sie. Und waren die Schauspieler nicht gut?

Er merkte, daß ihr alles gefallen hatte. Das Mädchen war hübsch, sagte er. Der Mann war gut, aber seine Art zu singen hat mir nicht gefallen.

Als sie wieder im Mahal waren, setzte sich Abdeslam auf das Sofa und bat um ein Glas Kaffee. Während sie ihn kochte, lief er zu einem Stand an der Ecke und kaufte drei Stück Kuchen. Er ließ sie vom Verkäufer einzeln einpacken und mit einer Silberschnur zubinden. Dann brachte er sie Aouicha, und sie legte sie auf den Teller.

Das war komisch, sagte Abdeslam, während sie Kaffee tranken. Der Schauspieler lehnte sich zurück, und das Mädchen küßte ihn. So wie du gestern abend. Du hast den Film schon gesehen, oder? Und dann hast du das gleiche mit mir gemacht.

Aouicha begann zu lachen. Nein, ich habe ihn noch nicht gesehen. Iß ein Stück Kuchen. Sie schob ihm den Teller hin.

Als sie fertiggegessen hatten, zündete sich Abdeslam eine Zigarette an und lehnte sich rauchend zurück.

Abdeslam, sagte Aouicha. Hüte dich vor Bachir.

Was?

Hör mal, Abdeslam, sagte sie. Ich möchte dir etwas sagen,

was du nicht weißt. Ich habe mit Bachir einmal gelebt. Wir kamen ganz gut miteinander aus, bis er etwas machen wollte, was mir nicht gefiel. Etwas Schlechtes. Ich mag ihn noch immer, aber das ist jetzt alles vorbei.

Abdeslam schien nicht zuzuhören. Du hast nichts von dem gehört, was ich gesagt habe, oder?

Doch. Du hast gesagt, daß ihr beide, du und Bachir, zusammengelebt habt.

Ja. Er war wie ein Ehemann. Wir haben im selben Bett geschlafen.

Er schwieg. Das geht mich nichts an, sagte er dann.

Das versuche ich dir zu sagen. Ich kenne Bachir, und ich weiß, was er will. Ich sage dir, paß auf.

Abdeslam sagte nichts. Sie will mich für sich haben, dachte er. Deshalb sagt sie das alles. Er verstand nicht, was sie gesagt hatte; für ihn war es genau der Unsinn, den sich Frauen ausdenken, wenn sie Kinder erschrecken wollen.

Schließlich blickte er zu ihr auf. Komm und setz dich zu mir, sagte er. Aouicha kam, setzte sich neben ihn auf die Matratze und streckte die Beine vor sich aus.

Auf deinen Beinen sind Haare, sagte er. Auf meinen sind keine.

Sie lachte. Du bist zu jung. Wenn du älter bist, wirst du auch Haare auf den Beinen haben.

Das ist komisch. Eine Frau mit Haaren auf den Beinen.

Tausende von Frauen haben Haare auf den Beinen, sagte Aouicha.

Das ist das erste Mal in meinem Leben, daß ich so etwas sehe.

Aouicha lachte wieder. Dann beugte sie sich zu ihm und biß ihn ins Ohr.

Und ich habe auch noch keine Frau gesehen, die Leute beißt.

Hüte dich, sagte sie. Wenn irgendwann einmal Leute hier sind, erzähle ihnen bloß nicht, daß ich dich gebissen habe.

Natürlich nicht! rief er. Er stand auf und zog die Eisenbahn auf. Hier, nimm sie, sagte er. Warte. Dann zog er die Tiere auf und stellte sie innerhalb der Schienen auf den Boden. Der Zug fuhr immer wieder um das Kaninchen und den Bären herum, bis das Kaninchen vor ihn hinhüpfte und ihn aus den Schienen warf. Direkt hinter der Lokomotive waren zwei leere Güterwaggons, von denen er einen mit Papierschnitzeln anfüllte. Er ging hinaus auf die Gasse, holte ein paar Kieselsteine und füllte den anderen.

Er hat Mehlsäcke und Steine geladen, sagte er. Der Zug nach Larache!

Der Zug nach Ksar el Kbir! rief sie.

Als Bachir die Tür öffnete, spielten und krochen sie immer noch auf dem Boden herum. Er lachte. Du verstehst dich mit Kindern, nicht wahr, Aouicha? sagte er. Du spielst gern mit Abdeslam?

Wer soll sonst mit ihm spielen? sagte sie.

Abdeslam sah Bachir an.

Willst du nicht, daß sie mich besucht?

Warum nicht, wenn sie nichts Besseres zu tun hat? Warst du arbeiten?

Ja. Ich habe hundertvier Peseten Trinkgeld bekommen.

Das ist viel Geld. Ich arbeite für achtzig den ganzen Tag im Hafen.

Abdeslam zog den Zug auf. Man kann nie wissen, was passiert, sagte er.

11

Als Abdeslam am nächsten Tag in die Bar kam, wußte er schon, was er zu tun hatte. Er hoffte, der Engländer würde auf ihn aufmerksam werden und etwas darüber sagen, wie hart er arbeitete, aber er kam gar nicht.

Am Ende des Tages ging er nach Hause. Das Haus war

leer. Er setzte sich in das mittlere Zimmer, um auf Bachir zu warten. Bald stand er auf, zündete sich eine Zigarette an und begann mit der Eisenbahn zu spielen. Um acht Uhr war Bachir noch immer nicht gekommen. Er beschloß, einen Spaziergang zu machen. Es war ein warmer, feuchter Abend ohne Wind.

Er spazierte dahin und setzte sich schließlich in ein kleines Café hinter dem Zoco Chico, wo er schon ein paarmal gewesen war, und bestellte ein Glas Kaffee. Der Qahouaji brachte den Kaffee und stellte ihn vor ihn hin, und dann sagte er: Du warst schon länger nicht hier. Bist du wieder bei deiner Familie?

Nein, sagte Abdeslam.

Haben sie dich nicht gesucht?

Nein.

Der Qahouaji setzte sich neben ihn und nahm seine Kifpfeife heraus. Er stopfte sie, rauchte, stopfte sie wieder und reichte sie Abdeslam.

Danke, aber ich rauche keinen Kif, sagte er. Dann überlegte er es sich und sagte rasch: Aber laß mich probieren. Ich möchte wissen, wie es schmeckt.

Er nahm eine Pfeife und rauchte. Als er den Rauch einsog, mußte er husten. Der Rauch war schärfer als Tabakrauch. Es gelang ihm, die zweite und dritte Pfeife zu rauchen, ohne zu husten. Er trank den heißen Kaffee, und der Kif stieg ihm zu Kopf.

Stopf mir noch eine, sagte er zum Qahouaji. Bald schon war sein Kopf voll Kif. Er zahlte und ging auf die Straße. Während er dahinspazierte, fühlte er sich immer merkwürdiger, und alles sah ein wenig anders aus, als er es in Erinnerung hatte. Schließlich befand er sich vor dem Mahal.

Er öffnete die Tür und ging hinein. Das Haus war sehr dunkel und sehr still. Von einem nahegelegenen Dach hörte er einen Hahn krähen. Er zündete die Lampe an und setzte sich in das mittlere Zimmer. Doch dann schien aus allen Ecken des

Zimmers eine schreckliche Angst auf ihn zuzukommen. Er fühlte, wie sie durch seinen Körper kroch und ihn erkalten ließ.

Plötzlich war er wütend, und er dachte: Warum muß ich am Abend in dieses dunkle Haus kommen und allein hier sitzen?

Er schaute hinter die Türen, die in die anderen Zimmer führten. Er hatte das Gefühl, daß etwas bei ihm im Haus war und daß etwas Furchtbares geschehen würde.

Es klopfte an der Tür. Das erschreckte ihn, so daß er aufsprang. Als er die Tür öffnete, sah er Aouicha. Gott sei Dank, daß du da bist! rief er.

Aouicha sah ihn an und merkte, daß er nahe daran war, in Tränen auszubrechen.

Was ist los?

Mach die Tür zu, sagte Abdeslam.

Sie setzten sich auf das Sofa.

Gott sei Dank, daß du gekommen bist! sagte er nochmals. Ich war allein hier und habe gedacht, wie schlimm das ist. Habe gedacht, wie sehr ich es hasse, allein zu leben.

Ich weiß, und du solltest nicht dasitzen und darüber nachdenken, sagte Aouicha.

Um die Wahrheit zu sagen, ich hatte Angst. Wenn du nicht gekommen wärst, hätte ich nicht hier geschlafen. Ich wollte schon in ein Hotel oder irgendwohin gehen. Aber jetzt, wo du da bist, ist alles wieder in Ordnung. Du schläfst doch hier, nicht wahr?

Hast du schon gegessen?

Nein. Ich habe auf Bachir gewartet, sagte er. Du bleibst hier, und ich hole etwas aus dem Restaurant.

Er nahm eine große irdene Schüssel und ging zu seinem Stand, der Essen verkaufte. Dort kaufte er Lammspieße und gebratenen Fisch. Der Besitzer der Bude rauchte seine Sebsi, während er ihn bediente.

Stopf mir eine Pfeife, sagte Abdeslam.

Bist du verrückt? Kif ist nichts für kleine Kinder, sagte der Mann. Du bist zu jung, Kleiner.

Ich rauche schon seit Jahren Kif. Stopf mir eine Pfeife.

Der Mann stopfte seine Sebsi und reichte sie Abdeslam. Er rauchte und gab sie zurück, ohne zu husten. Dann nahm er sein Essen und ging zum Mahal.

Ein wenig später sagte Aouicha: Was ist mit deinen Augen los? Du siehst aus, als hättest du getrunken.

Nein! Ich bin nicht betrunken, sagte Abdeslam. Ein Mann hat mir eine Pfeife Kif gegeben, das ist alles.

Warum hast du sie genommen? Man kann davon verrückt werden oder alle möglichen Krankheiten bekommen.

Ach, ich will doch nicht die ganze Zeit rauchen, sagte er. Nur ab und zu. Ist das Essen fertig?

Warum warten wir nicht auf Bachir?

Wir können ihm etwas übriglassen. Ich bin hungrig.

Sie setzten sich und aßen. Gerade als sie fertig waren, kam Bachir. Als auch er gegessen hatte, machte Aouicha den Tee. Dann baute Abdeslam die Eisenbahn auf und ließ sie fahren. Vom Kif in seinem Kopf wurde er ganz aufgeregt und lachte, bis ihm Tränen über die Wangen liefen. Bachir! Bachir! Setz dich hierher! Schau!

Bachir lachte und setzte sich Abdeslam zuliebe hin. Abdeslam zog den Bären und das Kaninchen auf und stellte sie auf die Schienen, damit der Zug auf sie auffuhr, wenn er dorthin gelangte. Er konnte gar nicht zu lachen aufhören. Diesmal warf der Zug beide Tiere von den Schienen. Sie lagen auf dem Boden und zuckten.

Bachir starrte Abdeslam an. Etwas stimmt nicht mit dir. Du bist nicht ganz du selbst. Du bist betrunken, oder?

Nein. Ich habe eine Pfeife Kif geraucht, das ist alles.

Was? rief Bachir. Jetzt rauchst du also Kif? Das ist ja großartig!

Es war nicht dein Kif, sagte Abdeslam. Du hast ihn nicht bezahlt.

Bachir begann zu schreien. Ich passe jetzt auf dich auf, und ich sage dir, daß du keinen Kif rauchen sollst.

Das habe ich ihm auch gerade gesagt, sagte Aouicha.

Abdeslam ließ sich rücklings auf den Boden fallen. Ihr seid beide gegen mich, klagte er. Ihr wollt nicht, daß ich Kif rauche oder irgend etwas mache. Ihr seid gegen alles, was ich tun will. Ihr seid weder meine Eltern noch meine Geschwister noch sonst jemand. Ihr seid zufälligerweise meine Freunde. Und dann wollt ihr mir sagen, was ich tun soll.

Ja, ich bin dein Freund, sagte Bachir. Ich versuche dir zu helfen. Ich sehe es nicht gern, wenn ein Junge wie du Kif raucht.

Abdeslam wollte nichts mehr hören. Er stand auf. Ich bin müde. Ich gehe schlafen. Er ging in sein Zimmer und machte die Tür zu.

12

Abdeslam schlief nicht sofort ein. Er schloß die Augen, aber anstatt zu schlafen, horchte er auf die Stimmen von Bachir und Aouicha, und sie ließen helle farbige Blitze vor seinen Augen entstehen. Dann glaubte er zu hören, wie viele Rhaitas weit weg in einem anderen Viertel der Medina gespielt wurden. Er wußte nicht, ob er schlief oder wach war. Zuweilen glaubte er, es wären Flöhe im Bett, und er kratzte sich. Schließlich schlief er ein.

Am Morgen war er zu müde, um aufzustehen und zur Arbeit zu gehen, und so blieb er im Bett. Zu Mittag machte er sich Kaffee. Ein wenig später ging er weg und kaufte einen Sack Bonbons, und dann schlenderte er durch die Straßen und aß sie. Die Luft duftete süß, und alles sah sauber aus, weil es geregnet hatte. Er ging zu dem Café hinter dem Zoco Chico und bestellte ein Glas Kaffee. Der Qahouaji kam und setzte sich zu ihm, genau wie am Tag davor, und Abdeslam rauchte mehrere Pfeifen Kif. In bester Laune ging er zum Mahal zurück und legte sich wieder ins Bett.

Als es dunkel wurde, hämmerte jemand an die Tür. Das ging lange so weiter. Abdeslam schlief tief und brauchte eine Weile, bis er wach wurde.

Es war Aouicha mit einem großen Papiersack voller Orangen unter dem Arm.

Ich hatte Lust auf Orangensaft, sagte sie. Während sie die Orangen durchschnitten und auspreßten, fragte sie ihn: Wie war es heute bei der Arbeit?

Ich bin nicht hingegangen, sagte er.

Warum nicht?

Ich hatte keine Lust.

Aouicha lachte. Ich habe dir ja gesagt, daß du nicht arbeiten willst, sagte sie.

Ich will schon. Es gefällt mir. Es ist leicht.

Als sie den ganzen Orangensaft ausgetrunken hatte, sagte sie: Ich muß gehen und meiner Tante in Metafi eine Weile Gesellschaft leisten. Wir sehen uns morgen. Da ist Bachir.

Bachir trat ein.

Ich war gerade am Gehen, sagte sie und ging hinaus.

Bachir und Abdeslam holten gemeinsam das Abendessen. Danach lud Abdeslam Bachir ins Café Central auf einen Kaffee ein, und sie saßen den ganzen Abend dort, während Bachir sich mit seinen Freunden unterhielt.

Am nächsten Morgen fühlte Abdeslam sich frisch und munter. Er stand früh auf und war kurz vor zehn in der Bar auf der Avenida de España.

Der Engländer trat ihm an der Tür entgegen. Tut mir leid, sagte er. Du bist gestern nicht gekommen, und ich habe einem anderen Jungen die Arbeit gegeben. Hier ist das Geld für die zwei Tage, die du gearbeitet hast.

Abdeslam ging die Avenida de España entlang und trat gegen den Gehsteig.

Er dachte: Einen Tag bin ich krank, und er wirft mich hinaus. So sind die Christen. Sie glauben, Menschen sind Maschinen.

Um zwölf kam Aouicha zum Mahal.

Was ist los? rief sie.

Nichts. Ein anderer arbeitet statt mir in der Bar.

Sie legte ihren Arm um ihn. Sei nicht traurig darüber, sagte sie.

Mir geht's gut, sagte Abdeslam. Ich denke nur gerade an diesen Christen. Deshalb schaue ich so.

Wenn du nicht Kif geraucht hättest, fing sie an.

Abdeslam schloß die Augen und legte die Hand auf das Kinn. Dann sagte er: Entschuldige mich.

Was?

Nur eine Minute. Ich bin gleich wieder zurück.

Er lief auf die Straße und ging zum Café. Der Qahouaji war da. Er setzte sich und bestellte ein Glas Kaffee. Während er wartete, rauchte er mehrere Pfeifen Kif. Plötzlich fühlte er sich ganz benommen.

Wissen Sie was, sagte er zum Qahouaji. Ich würde gern für Sie arbeiten. Das ist ein gutes Café.

Wirklich? Der Mann klang überrascht.

Ja, im Ernst.

Du willst den ganzen Tag arbeiten?

Ja.

Wenn du willst, kannst du morgen kommen und es versuchen. Schau, ob es dir gefällt.

Wunderbar!

Er hatte seinen Kaffee nicht einmal ausgetrunken, aber er bezahlte dafür und lief zu Aouicha zurück, um ihr die gute Nachricht mitzuteilen. Als sie ihn fragte, wieviel er verdienen würde, konnte er es ihr nicht sagen, weil er vergessen hatte, danach zu fragen.

13

Abdeslam verdiente jetzt vierzig Peseten pro Tag. Sehr schnell erlernte er die Arbeit im Café. Die Arbeit in der Bar war leichter gewesen und hatte mehr Geld eingebracht, aber nun hatte er zumindest die Genugtuung, unter Moslems zu sein. Eine Woche lang beobachtete er den Qahouaji Si Mokhtar genau, und dann war er fähig, alles wie dieser zu machen. Schließlich betreute er das Café allein. Jeden Nachmittag, wenn Si Mokhtar kam, gab ihm Abdeslam das Geld, das er während des Tages eingenommen hatte. Es stimmte immer.

Die meisten Gäste rauchten Kif. Sie kamen, stopften ihre Pfeifen und zündeten sie an, und Abdeslam ging an ihre Tische und fragte, was sie wünschten. Dann machte er Tee oder Kaffee und brachte es ihnen, und normalerweise boten sie ihm dann eine Pfeife Kif an.

Eine Pfeife kann nicht schaden, antwortete er, und er nahm die Pfeife und rauchte sie. Da er das Kifrauchen nicht gewohnt war, stieg ihm schon die allererste Pfeife zu Kopf, und dann wollte er noch eine. Ein anderer Gast stopfte dann seine Pfeife und bot sie ihm an. Durch dieses ununterbrochene Rauchen befand sich sein Kopf den ganzen Tag in einer Wolke.

Jetzt schmeckt mir der Kif wirklich, sagte er zu sich, und er beschloß, sich eine Sebsi und ein Mottoui zu kaufen. Er freundete sich mit einem Mann an, der jeden Tag kam und seinen Kif im Café schnitt, und überredete ihn, ihm einen Teil von jedem neuen Bündel zu verkaufen. So hatte Abdeslam immer ein Mottoui mit frisch geschnittenem Kif.

An den Abenden ging er nach Hause und saß mit Bachir zusammen. Irgendwann zog er dann seine Pfeife heraus und begann zu rauchen. Bachir sagte dann meist, er sollte stattdessen lieber Wein trinken.

Nein, nein! Ich trinke nicht, sagte Abdeslam. Ich rauche.

Vom Kif bekommst du Tuberkulose, sagte Bachir. Oder einen Husten, der nie mehr vergeht. Dein Gesicht wird gelb, und du kannst nichts mehr essen. Das ist eine widerliche Gewohnheit.

Lieber bin ich krank und gelb, als daß ich eine Sünde begehe, antwortete Abdeslam. Alkohol ist eine Sünde.

Eines Abends, als Aouicha da war, wurde Bachir zornig. Ich werde dir die Pfeife wegnehmen und sie zerbrechen! rief er. Und ich werde den Kif in deinem Mottoui in die Latrine schütten.

Laß den Jungen in Ruhe, sagte Aouicha. Sie wollte Abdeslam damit zeigen, daß sie auf seiner Seite war. Sie meinte auch, daß Kif für ihn nicht so schädlich sei wie Alkohol. Und es schien ihr, als wäre für Abdeslam besser, wenn Bachir möglichst wenig Einfluß auf ihn hätte und sie um so mehr.

Trotz dieser Auseinandersetzungen wegen des Kif hatte Abdeslam das Gefühl, daß er allmählich begann, ein angenehmes Leben zu führen. Bachir blieb nun öfter nach dem Essen zu Hause, und Aouicha besuchte ihn fast jeden Tag. Sie küßte und berührte ihn nicht mehr. Er war froh darüber, denn es hatte ihn nervös gemacht. Sie brachte ihm immer wieder neues Spielzeug, so daß das mittlere Zimmer nun schon voll davon war und Bachir sich darüber beklagte.

Abdeslam arbeitete jeden Tag im Café. Er war sehr erstaunt, daß dort nie etwas passierte. Ein Tag verging wie der andere. Es gab keine Abenteuer.

Eines Abends, als er als allein im Mahal war und aß, kam Aouicha mit einer Einkaufstasche auf dem Arm. Sie setzte sich auf den Diwan.

Iß etwas mit mir, sagte Abdeslam.

Nein, sagte sie. Ich kann keine Eier essen, sie sind zu schwer.

Dann öffnete sie die Tasche und nahm eine Flanellhose heraus. Probier sie an, Abdeslam, und schau, ob sie dir paßt.

Er freute sich sehr. Gut, sagte er. Als er fertiggegessen

hatte, nahm er die Hose mit in sein Zimmer und probierte sie an. Sie paßte ihm genau, und er ging hinaus und zeigte ihr, wie sie an ihm aussah. Dann hob sie ein rotes Flanellhemd und einen schwarzen Rollkragenpullover in die Höhe, und schließlich noch schwarze Schuhe.

Und das ist alles für mich?

Ja, natürlich ist es für dich, sagte sie.

Aouicha! Vielen Dank! Er beugte sich hinunter, um die Schuhe anzuprobieren, stand dann aber auf, ging zu ihr und küßte sie auf die Wange. Soll ich dir irgend etwas zu essen holen? fragte er.

Nein, ich will gar nichts.

Aber ich will etwas, sagte er.

Was denn?

Ich hätte Lust auf Leber mit Knoblauch, roten Paprikaschoten und Kümmel, wie für das Aid el Kebir.

Aber du hast doch eben erst gegessen!

Nur Eier, sagte er. Ich bin hungrig.

Ich kann die Leber machen, sagte Aouicha. Sie ging auf den Markt und kaufte alles. Als sie zurückkam, war sie außer Atem, weil sie sich so beeilt hatte. In weniger als einer Stunde stand das Essen fertig auf dem Taifor. Gerade, als sie essen wollten, kam Bachir mit einem Dutzend Flaschen Bier. Als er das Essen sah, sagte er: Das ist genau das, was ich zum Bier brauche. Während er das Bier trank, begann er die Leber zu essen. Es war aber noch etwas für Abdeslam übrig, und Aouicha sagte, sie wolle nichts essen.

Als sie fertig waren, ging Abdeslam in sein Zimmer und zog sich aus. Im Pyjama ging er zur Tür und rief Aouicha. Kommst du bitte in mein Zimmer?

Sie stand auf und ging hinein, und er machte die Tür zu.

Ich möchte mich gern ins Bett legen, sagte er, und ich möchte, daß du dich neben mich setzt und mir eine Geschichte erzählst.

Sie lächelte. Na gut, Abdeslam.

Er legte sich ins Bett und dachte: Nicht jeder kennt ein Mädchen mit einem so hübschen Gesicht, das an seinem Bett sitzt und ihm Geschichten erzählt. Er legte sich auf den Rükken und blickte zum Licht der Deckenlampe auf.

Ich weiß nicht, ob dir die Geschichte gefallen wird, sagte Aouicha.

Fang einfach an, sagte er.

Es war einmal ein Bettler, der durch die Straßen von Haus zu Haus ging. Er rief: Wer mir ein Stück Brot oder eine Münze gibt, der tut es nicht für mich, sondern nur, um dem Gebot Allahs zu gehorchen!

Eines Tages ging der Bettler am Haus des Pascha vorbei, und der Pascha hörte seinen Ruf und befahl seinen Dienern, ihm einen ganzen Laib Brot hinunterzubringen. Es war ein so schöner Laib, daß der Bettler beschloß, ihn nicht zu essen, sondern ihn statt dessen zu verkaufen. Er ging zu einem Juden, der ihm zwei Bilyoun dafür bezahlte.

Als der Jude das Brot anschnitt, wurden seine Augen ganz groß, denn es befand sich ein großer Diamant darin. Am nächsten Tag ging der Bettler wieder an dem Haus des Pascha vorbei, und die Diener gaben ihm noch einen Laib Brot. Er brachte ihn wieder dem Juden. Sobald der Jude ihn gekauft hatte, eilte er in das Hinterzimmer seines Geschäftes und riß ihn auseinander. Wieder lag ein Diamant darin.

Der Jude sagte sich: Hier lebe ich, stecke in diesem Loch, mache Matratzen und Eselsättel. Meine Kleider sind alt, ich bin schmutzig, und nie bekomme ich ein gutes Essen. Und nun hat mir Gott jemanden gesandt, der mich reich machen wird, und das ist wunderbar!

Am nächsten Morgen ging der Bettler wieder am Haus des Pascha vorbei und bekam noch einen Laib Brot. An den ersten beiden Tagen hatte der Jude ihm zwei Bilyoun für das Brot gegeben. An diesem Morgen warf er einen Blick darauf und gab dem Bettler drei Bilyoun.

Jeden Tag kam der Bettler mit einem Laib Brot. Bald begann der Jude ihm vier Bilyoun zu geben. Das kann ich mir leisten, dachte er.

Am Ende des Monats sagte der Pascha seinen Dienern, er wolle mit dem Bettler sprechen. Als der Mann am nächsten Morgen kam und seinen Ruf erschallen ließ, führten sie ihn nach oben in die Gemächer des Pascha. Und der Pascha sagte: Was machst du mit dem Brot, das meine Diener dir geben? Ißt du es?

Nein, Sidi, ich esse es nicht. Ich verkaufe es.

Und wo verkaufst du es?

Einem Mann namens Jakob, der Eselsättel verkauft.

Der Pascha schickte zwei Mokhaznia, um den Juden zu holen.

Sprich, Jakob, sagte der Pascha, kaufst du jeden Tag Brot von diesem Bettler?

Und der Jude sagte: Ja, Eure Exzellenz. Schon seit einem Monat.

Wieviel bezahlst du ihm dafür? fragte ihn der Pascha.

Die ersten zwei Tage habe ich ihm zwei Bilyoun gegeben, die nächsten zehn Tage drei Bilyoun, und die letzten achtzehn Tage habe ich ihm vier Bilyoun bezahlt.

So ist das also, sagte der Pascha. Dann blickte er böse und sagte mit lauter Stimme: Und jetzt geh nach Hause und hole alle dreißig Diamanten und bring sie hierher!

Der Jude wagte nichts zu entgegnen, und die beiden Mokhaznia gingen mit ihm zurück zu seinem Haus, um die Diamanten zu holen. Er brachte sie alle in der Schachtel, in der er sie aufbewahrt hatte. Der Pascha nahm sie heraus und zählte sie, und es waren alle.

Dann nahm der Pascha ein paar Münzen und gab sie dem Juden. Hier ist das Geld, das du für das Brot ausgegeben hast, sagte er. Das Brot ist ein Geschenk.

Er schickte den Juden fort. Dann gab er dem Bettler die Schachtel mit den Diamanten. Die sind für dich, sagte er. Jetzt bist du ein reicher Mann.

Der Bettler bedankte sich nicht. Er sagte nur: Sidi, möge dir gutes Augenlicht, ein langes Leben und Allahs Schutz vor dem Bösen beschieden sein. Dann ging er.

Der Bettler ging eine Stufe nach der anderen hinunter. Er war traurig, denn nun hatte er weder Brot noch Geld. Er hielt die Schachtel mit den Diamanten in der Hand. Plötzlich glitt er aus und fiel die Treppe hinunter. Am Fuß der Treppe schlug er mit dem Kopf auf, und sein Blut bespritzte die ganze Wand. Die Diener schrien und liefen herbei, und der Pascha verließ seine Gemächer, um zu sehen, was geschehen war. Da sah er den Bettler tot daliegen und die Diamanten verstreut auf den Stufen. Dann hob er seinen Blick zur Wand. Und an der Wand sah er Wörter, zusammengesetzt aus Zeichen, die mit dem Blut geschrieben waren, das aus dem Kopf des Mannes gespritzt war, und er las:

> Ich habe ihn arm gemacht. Du hast ihn reich gemacht. Ich habe ihn getötet. Jetzt mach du ihn wieder lebendig.

Aouicha wartete ein wenig. Dann sagte sie: Das ist das Ende der Geschichte.

Abdeslam gab keine Antwort.

Schläfst du? fragte sie leise.

Nein, ich habe nachgedacht, sagte er.

Da er nichts mehr sagte, fragte sie ihn: Hast du etwas verstanden?

Ja.

Was hast du verstanden? fragte sie weiter.

Ich habe es noch nicht ganz verstanden! sagte er ungeduldig. Du hast mich damit gemeint, soviel weiß ich.

Sie merkte nicht, daß seine Stimme unglücklich klang. Du hast recht, sagte sie. Aber die Geschichte hat viele Bedeutungen.

Ich habe ihn arm gemacht, sagte Abdeslam einen Augenblick später nachdenklich. Das heißt, du glaubst, daß ich zu nichts gut bin und es im Leben nie zu etwas bringen werde. Du glaubst, weil ich jetzt arm bin, muß ich es mein ganzes Leben lang bleiben. Ich verstehe!

Abdeslam! Du bist unmöglich. Das habe ich überhaupt nicht gemeint. Du hast es absichtlich mißverstanden. Die Geschichte hat viele Bedeutungen, aber sie bedeutet nicht das, was du glaubst.

Ich möchte jeden Abend eine neue hören, sagte er.

Nicht wenn du dabei zornig wirst. Wenn du darüber nachdenkst, wirst du verstehen, daß ich nichts gegen dich gesagt habe.

Danke, daß du sie mir erzählt hast. Und jetzt bin ich schläfrig.

Aouicha küßte ihn auf die Stirn und ging zurück ins andere Zimmer.

Die nächsten zwei Tage kam sie, setzte sich an den Bettrand und erzählte ihm eine Geschichte. Am Abend danach gingen sie ins Kino, und er hatte keine Lust, noch irgend etwas zu hören, bevor er einschlief.

14

Eines Morgens ein paar Tage später stand Abdeslam auf und hatte das Gefühl, daß er einen langen Spaziergang machen wollte. Wenn er ins Café zur Arbeit ging, konnte er das nicht, und so beschloß er, nicht zu gehen und Si Mokhtar zu sagen, er wäre krank gewesen. Es war ein so schöner sonniger Tag, daß er beschloß, den ganzen Weg hinauf zum Djebel Kebir zu gehen und sich ins Café in Sidi Amar zu setzen.

Als er dort ankam, war er außer Atem. Die Berge in der Ferne, auf der anderen Seite der Ebene, waren mit Schnee bedeckt. Er saß im Garten, trank ein Coca-Cola und rauchte seine Pfeife.

Gegen Mittag wurde er hungrig und ging zurück in die Stadt. Er aß im Mahal. Danach ging er wieder auf die Straße hinaus, in der Hoffnung, Si Mokhtar nicht zu begegnen. Er ging durch das Tor in der Festungsmauer gegenüber dem jüdischen Friedhof und stieg zum europäischen Teil der Stadt hinauf. Dann schlenderte er den Boulevard entlang und sah sich die Schaufenster an. Plötzlich stand ein Mann vor ihm und versperrte ihm den Weg.

Abdeslam blieb stehen und blickte zu dem Mann auf. Er trug eine Djellaba und sah nicht freundlich aus. Wo wohnst du? fragte er.

In Benider.

Und deine Familie? Wo wohnt sie?

Abdeslam zögerte, und schließlich sagte er: In Souq el Bqar.

Soso. Und du wohnst in Benider. Warum wohnst du nicht zu Hause?

Abdeslam wurde nervös. Warum stellst du so viele Fragen? Wer bist du? fragte er.

Es ist meine Aufgabe, die Straßen von euch Jungen freizuhalten und euch wegzusperren. Er packte Abdeslam am Arm. Komm mit.

Laß mich los! Hände weg! rief Abdeslam. Aber der Mann ließ ihn nicht los, und es blieb ihm nichts anderes übrig, als sich wegführen zu lassen.

Das Gebäude war im Inneren der Casbah. Als sie zur Tür kamen, stieß der Mann Abdeslam vor sich hinein. Dann fragte ein anderer Mann nach seinem Namen und vielen anderen Dingen, die er wissen wollte, und schrieb alle seine Antworten in ein Buch. Danach brachten sie ihn in einen anderen Raum und rasierten ihm die Haare ab, so daß sein Kopf weiß und rund und glänzend wurde. Er mußte sich duschen, und dann führten sie ihn in einen sehr langen Raum mit vielen Betten darin. Ein paar Jungen gingen zwischen den Betten auf und ab. Ihre Köpfe waren alle kahlrasiert.

Der Mann, der mit Abdeslam mitgegangen war, zeigte auf eines der Betten und sagte zu ihm: Hier wirst du schlafen.

Ja, sagte Abdeslam. Er setzte sich auf das Bett und war sehr traurig.

Am nächsten Morgen führte ihn ein Junge namens Abdelaziz im Gebäude herum und sagte ihm, was für Dinge sie lernten und was für Spiele sie spielten. Er hörte dem Jungen überhaupt nicht zu. Er dachte nur daran, wie er wieder hinauskäme. In jedem Raum, in den sie gingen, schaute er sich die Fenster genau an, um zu sehen, ob man sie öffnen konnte und wie weit man springen mußte. Abdelaziz sagte, es sei ein guter Ort zum Leben. Er führte ihn in ein Zimmer voll alter Bücher, die in Regalen vom Boden bis an die Decke gestapelt waren, und in ein anderes Zimmer, dessen Wände und Fußboden mit weichen Matten bedeckt waren. Hierher kamen die Jungen, um zu beten. Im Speisesaal stand ein Tisch, der so lang war, daß auf jeder Seite fünfzig Jungen Platz hatten.

Jedesmal, wenn Abdeslam daran dachte, wie unmöglich es war, hinaus auf die Straße zu gelangen, wurde ihm übel. Am dritten Tag konnte er nichts mehr essen. Als die Buben an diesem Nachmittag zum Spielen hinausgelassen wurden, bat er um Erlaubnis, zu den Latrinen zu gehen. Der Franzose hatte nichts dagegen, und er lief durch die Halle davon. Sobald er sicher war, daß niemand ihn beobachtete, ging er an der Latrinentür vorbei und stieg eine Treppe bis zu einem ganz oben gelegenen Zimmer hinauf. Die Tür war offen, und das Zimmer war leer. Er ging hinein, schloß die Tür und verriegelte sie. Dann öffnete er das Fenster und kletterte auf den Sims.

Das Dach des nächsten Gebäudes war ziemlich weit darunter, aber er sprang trotzdem, und der ganze Bau erzitterte, als er landete. Er begann das Dach entlangzulaufen. Aber sie hatten ihn gesehen, und als er schließlich vom Dach auf die Gasse hinuntersprang, liefen zwei der größeren Jungen hinaus, um ihn zu erwischen. Einer von ihnen versuchte ihn zu packen, aber er duckte sich. Dann war der andere hinter ihm her, und er rannte davon. Er hörte, wie der andere Junge keuchend näher kam.

Abdeslam lief weiter. Er lief durch die Casbah, alle Stufen hinunter, und durch die Medina, und blieb nicht stehen, bis er beim Mahal angelangt war. Erst als er vor der Tür stand, fiel ihm ein, daß er keinen Schlüssel hatte. Den hatten sie ihm weggenommen, als er ins Waisenhaus gekommen war. Er klopfte an, doch niemand antwortete.

Es blieb ihm nichts anderes übrig, als zum Hafen zu gehen und dort nach Bachir zu suchen. Er setzte sich vor die Tür und wartete eine Weile, bis er wieder Luft bekam, und dann stand er auf und ging zum Kai hinunter.

Eine Zeitlang ging er suchend die Docks auf und ab. Schließlich sah er Bachir, der einen Sack Zement trug.

Haben sie dich doch ins Gefängnis gesteckt! rief er, als er Abdeslams kahlrasierten Kopf sah.

Richtig, sagte Abdeslam. Kannst du mir deinen Schlüssel geben? Ich warte, bis du nach Hause kommst, und lasse dich herein.

Bachir gab ihm den Schlüssel, und er ging zurück zum Mahal. Er stellte Teewasser auf und setzte sich auf das Sofa. In seiner Schachtel war kein Kif. Er ließ das Wasser kochen und ging zum Café.

Wo bist du denn gewesen? sagte Si Mokhtar und blickte auf Abdeslams Kopf. Ich warte seit Montag auf dich.

Sie haben mich eingesperrt! Ohne Grund! Ich habe es nicht mehr ausgehalten und bin aus dem Fenster gestiegen.

Gut. Und kommst du morgen wieder zur Arbeit?

Natürlich. Aber jetzt brauche ich etwas Kif, falls du es entbehren kannst.

Si Mokhtar gab ihm vier Zündholzschachteln voll. Abdeslam steckte das Päckchen in die Tasche.

Und entschuldige, aber ich brauche auch Geld, sagte er.

Wieviel?

Dreißig Duros.

Si Mokhtar gab ihm das Geld. Du mußt wissen, sagte er, wenn du hier arbeitest, kommen sie vielleicht und holen dich wieder.

In ihrer Nähe saß ein Moqqadem und hörte zu. Du mußt nur dafür sorgen, daß der Junge einen Personalausweis bekommt, sagte er zu Si Mokhtar. Dann lassen sie ihn in Ruhe. Er kann dann bleiben und arbeiten, solange er will.

Das ist eine gute Idee, sagte Si Mokhtar.

Abdeslam hoffte, daß Si Mokhtar darauf vergessen würde. Ihm gefiel der Gedanke nicht, zur Polizei mitgenommen zu werden, egal aus welchem Grund.

15

Abdeslam ging zurück zum Mahal. Das Schweigen in dem leeren Haus machte ihn müde. Er legte sich auf das Bett. Er lag immer noch da, als Aouicha am Abend an die Tür klopfte. Sie brachte Zohra mit.

Beide schrien auf, als sie seinen kahlrasierten Kopf sahen. Wir haben uns solche Sorgen um dich gemacht! sagte Aouicha.

Die drei setzten sich und redeten eine Weile. Dann sagte Aouicha: Ich habe etwas für dich, Abdeslam.

Sie zog ein Paket hervor, wickelte es aus und öffnete die Schachtel. Darin lag eine viersaitige Guinbri. Abdeslam nahm sie in die Hand.

Danke! Er begann die Saiten zu zupfen. Es war eine große Guinbri, und sie machte ziemlichen Lärm. Aouicha und Zohra lachten.

Wenn ich lange genug spiele, werde ich es lernen, sagte er zu ihnen. Sie hörten nicht auf zu lachen.

Ja, sagte Aouicha. Mit einiger Übung könntest du es vielleicht erlernen. Jeden Tag ein wenig. Du mußt mit Männern im Café sitzen, die spielen können, und jeder kann dir ein wenig beibringen. In fünf oder sechs Jahren kannst du dann vielleicht spielen.

Soll ich dir etwas zeigen, Zohra?

Was denn?

Hol die Eisenbahn und die Tiere, sagte er zu Aouicha. Sie brachte alles, und sie zogen sie auf und stellten sie hin. Als alles herumlief und -fuhr und -hüpfte, begann er sehr laut auf der Guinbri zu spielen. Das dauerte noch an, als sich die Tür öffnete und Bachir hereinkam.

Was ist denn hier los? sagte er. Gut, daß du hier bist, Zohra, denn ich bin zu einem Fest eingeladen und nehme euch alle mit.

Wo? fragte Abdeslam.

Auf dem Monte Viejo.

Ich kann nicht, sagte Zohra, ich muß nach Hause.

Nachdem Zohra gegangen war, gingen Abdeslam und Bachir in ihre Zimmer und zogen sich um. Bachir rasierte sich in der Latrine, während Abdeslam sich am Ausguß stehend wusch. Dann gingen sie gemeinsam mit Aouicha hinauf zum Zoco de Fuera, wo Bachir ein Taxi heranwinkte.

Sie fuhren aus der Stadt hinaus und dann hinauf, hinauf bis zum Ende der Straße hoch über dem Meer. Dort mußte das Taxi anhalten, und Bachir gab dem Fahrer das Geld. Als das Auto wegfuhr, war es sehr dunkel und still. Sie stiegen einen Weg hinauf bis zu einem kleinen Haus am Abhang.

Du setzt dich zu mir, sagte Bachir zu Abdeslam, als sie sich dem Haus näherten. Aouicha geht zu den Frauen.

An der Tür überließ ein Mann mit einem gelben Turban Aouicha einer Frau, die sie mitnahm. Dann führte der Mann Bachir und Abdeslam in den Innenhof des Hauses. Dort saßen viele Männer in einem weiten Kreis. An einem Ende war eine Gruppe von Aissaoua. Einer von ihnen näherte sich und setzte sich neben Abdeslam. Bald zog der Mann eine Kifpfeife heraus und begann zu rauchen. Abdeslam sah ihm eine Weile zu und sog den Rauch ein. Gleich sagte er zu dem Mann: Wärst du so freundlich, mir einen Augenblick deine Pfeife zu leihen? Ich habe meine zu Hause vergessen.

Der Aissaoui wandte sich ihm zu und sah ihn an. Mein Sohn, du bist noch ein Kind. Viel zu jung, um Kif zu rauchen. Der Kif wird dich zugrunde richten. Und er begann Abdeslam all die Gründe aufzuzählen, weshalb er keinen Kif rauchen sollte.

Ich habe dich nur gebeten, mir deine Pfeife zu borgen, sagte Abdeslam. Das alles kannst du mir erzählen, nachdem ich geraucht habe, falls du mir die Pfeife gibst. Ich habe meinen eigenen Kif bei mir.

Der Aissaoui stopfte die Pfeife mit seinem Kif, zündete sie an und reichte sie Abdeslam. Nachdem er geraucht hatte, sagte er zu dem Aissaoui: In deinem Kif ist zu wenig Tabak.

Der Aissaoui blickte ihn finster an. Ich habe dir eine Pfeife Kif zum Rauchen gegeben. Nicht damit du mir erzählst, wieviel Tabak darin ist.

Sei nicht böse, sagte Abdeslam. Es kam mir einfach msouss vor, und ich habe mir gedacht, vielleicht rauchst du es immer so und hast den Unterschied nicht gemerkt. Deshalb wollte ich es dir sagen.

Bachir sah den Aissaoui an. Als ihre Blicke sich trafen, zwinkerte er ihm zu. Der Aissaoui sagte: Du hast recht, mein Junge. Der Kif ist msouss. Ich weiß. Aber ich habe ihn gern so.

Im Sommer, fuhr Abdeslam fort, ist es natürlich besser, weniger Tabak zu verwenden. Aber wenn es kalt ist, braucht man mehr. Er leerte die Pfeife aus und stopfte sie für den Aissaoui mit seinem eigenen Kif.

Die Aissaoua hatten zu trommeln begonnen. Bald darauf kam eine Frau in die Mitte des Innenhofes gelaufen und fiel vor den Trommlern in sich zusammen. Der Anführer ging zu ihr hin und sprach ein paar Worte über ihrem Kopf. Dann ging er an seinen Platz zurück und setzte sich. Die Rhaitas begannen zu spielen. Nach einer Weile stand die Frau auf, ihr Haar bedeckte ihr Gesicht, und sie begann zu tanzen. Und sie schüttelte sich von oben bis unten und schwankte hin und her und tanzte weiter, bis sie wieder mit dem Gesicht nach unten vor den Musikern zu Boden fiel. Sie hörten auf zu spielen, brachten Kohlenpfannen und warfen Bakhour darauf. Der Rauch war sehr stark.

Dann begannen die Musiker noch einmal zu spielen, in verschiedenen Rhythmen, und einer der Aissaoua stand auf und riß sich den Turban vom Kopf. Sein Kopf war kahlgeschoren, aber er hatte einen langen Pferdeschwanz, der ihm bis zur Hüfte reichte. Als er zu tanzen begann, wich jeder, der in seiner Nähe saß, vor ihm zurück. Zwei Männer versuchten, die Frau von dort, wo sie lag, zu entfernen, damit er nicht auf sie trat, aber ihr Körper schoß empor, als wäre eine Stahlfeder darin verborgen, und stieß beide zu Boden. Sie sprangen auf, und zwei andere Männer kamen ihnen zu Hilfe. Den vieren gelang es, sie ins Haus zu zerren, in die Räume, wo die Frauen saßen.

Abdeslam sah dem Tanz zu. Der Mann hatte seinen Djellaba und sein Hemd ausgezogen und sprang auf und nieder, nackt bis zur Taille. Die anderen Aissaoua kamen mit den Armen voller Kakteen und Dornbüsche herein und schichteten sie in der Mitte des Innenhofs auf. Bald war ein großer Haufen entstanden.

Der Mann stürzte auf die Pflanzen zu und begann sie niederzutrampeln und dann auf ihnen zu tanzen. Dann legte er sich hin und wälzte sich hin und her. Zum Schluß steckten die meisten Stacheln abgebrochen in seinem Fleisch. Dann stand er auf, und man brachte ihm frische Kakteen, die er kaute. Als sein Mund voll Blut war, begann er zu knurren und brüllen wie ein Kamel, und Speichel lief ihm über das Kinn. Der Anführer stand mit einem Knüppel in der Hand auf und schwang ihn in Richtung des Mannes, als ob dieser ein Kamel wäre, wobei er die Worte rief, die ein Kameltreiber verwendet, wenn er ein Kamel daran hindern will, in eine Menschenmenge hineinzugehen. Das machte Abdeslam angst. Er hatte noch nie einen Menschen vor seinen Augen zu einem Tier werden sehen, und er fühlte sich sehr unangenehm berührt. Er war nicht sicher, was passieren würde. Aber kurz darauf schloß der Mann die Augen und fiel um, und sie trugen ihn hinaus. Ein Aissaoui begann allein auf der Rhaita zu spielen. Die Musik nahm kein Ende.

Abdeslam war nicht mehr beunruhigt. Er entspannte sich und begann einzunicken, während er dem Klang der Rhaita zuhörte. Danach wurde sehr leise eine Trommel geschlagen, und er schlief ein.

Zwei Männer trugen ihn. Er öffnete die Augen und sah, daß es Aissaoua waren, aber es gelang ihm nicht, etwas zu ihnen zu sagen. Sie legten ihn neben dem Anführer auf den Boden.

Der Anführer sah ihn an. Er sagte: Memem memem...

Ich bin kein Aissaoui, sagte Abdeslam. Ich bin nur müde. Ich bin heute aus dem Gefängnis gekommen. Die Musik hat mich schläfrig gemacht.

Alle lachten. Abdeslam stand auf. Verzeihung, sagte er zum Anführer. Er ging zurück zu Bachir. Gehen wir, sagte er.

Du und Aouicha, ihr könnt gehen, sagte Bachir. Ich bleibe hier.

Aber wie sollen wir zurückfinden? Es ist ein langer Weg, und es ist dunkel.

Ihr könnt bis zur Polizeistation in Oued el Ihud gehen, sagte Bachir. Von dort nehmt ihr ein Taxi.

Aouicha wird nicht den ganzen Weg durch den Wald gehen wollen, sagte Abdeslam.

Geh und hol sie.

Als Abdeslam ging, redete Bachir mit einem Mann, der auch in die Stadt zurückwollte, und vereinbarte, daß Aouicha und Abdeslam mit ihm gehen konnten. Die drei gingen auf der Höhenstraße unter den Eukalyptusbäumen und Zypressen, und der Wind rauschte und heulte über ihren Köpfen. Der Mann hatte eine Taschenlampe. Aouicha ging auf einer Seite und Abdeslam auf der anderen.

16

Später, als Abdeslam und Aouicha wieder im Mahal waren, begann er erregt zu sprechen. Da siehst du, wohin er uns mitgenommen hat, rief er. Damit wir jemanden Stacheln essen sehen, damit wir einer Menge von Verrückten zuschauen! Das soll ein Fest gewesen sein?

Warum, was hast du daran auszusetzen?

Warum soll man sich selbst weh tun? Wie kann sich jemand den eigenen Körper verletzen wollen? Wer will schon tausend Stacheln in seinem Rücken?

Niemand will es, sagte sie. Aber sie tun es. Sie können nicht anders. Nichts kann sie daran hindern.

Aber das ist doch schrecklich, sagte Abdeslam.

Du bist noch ein Kind. Du weißt noch nichts.

Diese Worte kränkten Abdeslam. Ich weiß eine Menge Dinge, sagte er. Ich weiß mehr als du. Und ich bin kein Kind, ich bin ein Mann. Ich fühle mich wie dreißig oder vierzig.

Du fühlst dich vielleicht so, sagte sie, aber niemand sonst glaubt so etwas. Ich sehe nur einen hübschen kleinen Jungen hier sitzen.

Vielleicht, aber in meinem Kopf bin ich nicht so. Was für Worte man mir auch an den Kopf wirft, ich kann sie zurückwerfen, und noch mehr.

Natürlich, sagte Aouicha ungeduldig. Aber davon rede ich nicht. Ich rede nur über die Aissaoua. Siehst du jetzt, was ich meine, wenn ich sage, daß du nichts verstehst. Ich rede von den Aissaoua, und du redest davon, daß Leute einander beleidigen. Wir streiten gar nicht. Wir reden über die Aissaoua.

Ich rede auch über die Aissaoua. Aber du hast angefangen,

über mich zu sprechen. Die Aissaoua bedeuten mir nichts. Sie sind Wilde.

Ja, sagte Aouicha und gähnte.

Natürlich kannst du recht haben und ich unrecht, fuhr er fort, in der Hoffnung, die Diskussion in die Länge zu ziehen. Weil ich von dem Tag an, an dem ich geboren wurde, nie recht gehabt habe.

Was soll das heißen, du hast nie recht gehabt?

Als ich klein war, hatte ich nie recht, weil ich klein war. Und jetzt bin ich groß und habe noch immer nicht recht. Immer sind es andere, die recht haben. Wenn ich recht hätte, würde ich nicht hier in diesem Haus leben, mit diesen Leuten, die hierherkommen. Ich bin zu alt, um auf der Straße zu spielen, und ich bin zu jung für alles andere. Und ich mache nichts von dem, was ich gern machen würde, und die Zeit vergeht, und ich werde es nie zu etwas bringen.

Warum sagst du das alles? Was ist los mit dir?

Das möchte ich auch gern wissen. Das ist genau das, was ich nicht herausfinde, was mit mir los ist. Wenn du es weißt, sag es mir.

Wenn du auf deinen Vater gehört hättest, wärst du nicht hier, sagte Aouicha. Das ist die Antwort. Das ist es, was mit dir los ist.

Ja, sagte er.

Dann verbesserte er sich und rief: Nein! Alle sagen das. Das ist nicht wahr. Wenn ich auf meinen Vater gehört hätte, wäre es trotzdem so gekommen. Wenn dein Leben einmal schiefläuft, dann läuft es schief, egal was geschieht. Dem entkommt man nicht. Du lebst, und du mußt weiterleben, ob du nun glücklich bist oder unglücklich.

Aouicha seufzte. Das stimmt, sagte sie. Möchtest du nicht etwas Heißes trinken? Oder etwas essen?

Nein! rief er. Ich will nichts. Und ich gehe schlafen. Mir tun die Füße weh.

Aouicha sprang auf. Was ist los mit dir? sagte sie wütend.

Ich frage dich, ob du etwas willst, und du gehst einfach. Weshalb bist du plötzlich so schlecht gelaunt?

Bitte, Aouicha, schrei mich nicht an. Das ist der Grund, warum ich nicht bei meiner Familie bin, damit ich mir nicht mehr anhören muß, wie Leute mich anschreien.

Tut mir leid, sagte sie.

Macht nichts. Fang nur nicht wieder an. Ich verzeihe dir.

Abdeslam ging zur Tür, die in sein Zimmer führte. Dann drehte er sich um und sagte: Ich verzeihe immer allen, egal ob sie es verdienen oder nicht. Gute Nacht. Danke, daß du mich angeschrien hast.

Ich habe gesagt, daß es mir leid tut, sagte sie.

Danke, daß du gesagt hast, daß es dir leid tut.

Er machte die Tür zu und legte sich ins Bett.

17

Aouicha blieb allein im mittleren Zimmer sitzen, fragte sich, warum sie auf Abdeslam wütend gewesen war, und wünschte, sie hätte ihn nicht angeschrien. Armes Kind, dachte sie, jetzt ist er gekränkt und liegt unglücklich da drinnen. Ich sollte ihn nie anschreien. Ich bin eine erwachsene Frau, und er ist ein kleiner Junge. Warum vergesse ich das immer? Sie empfand es nun als lächerlich, wegen eines Kindes so schnell aus der Fassung zu geraten, und sie schämte sich.

Ich bin achtundzwanzig, und er ist erst zwölf oder dreizehn. Vielleicht sollte ich hineingehen und ihn trösten, dachte sie.

Sie stand auf und öffnete seine Tür. Die Lampe brannte noch. Abdeslam lag mit offenen Augen auf dem Rücken. Sie beugte sich über ihn. Er sah sie nicht an.

Abdeslam, was ist los mit dir? Sag es mir.

Nichts.

Bist du böse, weil ich dich angeschrien habe?

Nein, sagte er.

Natürlich ist es das! rief sie.

Nein. Als du mich angeschrien hast, war das wunderbar. Ich liebe es, angeschrien zu werden.

Es tut mir leid.

Ich habe gesagt, daß ich dir verziehen habe, sagte er.

Willst du, daß ich nach Hause gehe?

Du kannst gehen oder auf Bachir warten.

Bachir wird heute nicht zurückkommen, sagte Aouicha. Er wird auf dem Fest bleiben.

Abdeslam gähnte. Das ist mir egal, ich schlafe jetzt. Und du kannst gehen oder bleiben, wie du willst. Du bist nicht an einen Pflock gebunden wie eine Ziege.

Es ist der Kif! rief Aouicha. Deshalb bist du so! Bevor du soviel Kif geraucht hast, warst du nicht so.

Und du bist betrunken, sagte er. Du hast Wein getrunken, bevor du auf das Fest gegangen bist.

Aouicha beugte sich vor und drehte das Licht ganz schwach. Im Halbdunkel begann sie im Zimmer herumzugehen. Abdeslam war schläfrig und beachtete sie nicht. Plötzlich sah er, daß sie sich auszog. Er war nicht imstande, etwas zu sagen. Schweigend lag er da und sah zu, wie sie sich entkleidete.

Einen Augenblick lang stand sie nackt da und sah ihn an. Es war zu dunkel, um ihren Gesichtsausdruck zu erkennen. Dann stieg sie zu ihm ins Bett und fuhr mit ihrer Hand ganz sanft über seinen Schenkel.

Aouicha, tu das bitte nicht.

Warum nicht?

Ich bekomme Gänsehaut davon. Ich mag das nicht.

Gänsehaut?

Ja. Das habe ich dir schon gesagt.

Und was wäre, wenn ich dich mit beiden Händen anfasse?

Weiß ich nicht, sagte er.

Sie ließ die andere Hand unter sein Pyjamaoberteil gleiten, streichelte seine Brust und rieb weiterhin sanft seinen Schenkel. Was fühlst du jetzt? fragte sie.

Ich habe noch mehr Gänsehaut, und ich habe das Gefühl, als wäre mein Kopf nicht mehr da.

Sie lachte. Was meinst du damit? Dein Kopf ist nicht mehr da?

Es liegt daran, wie du deine Hand auf meiner Haut bewegst, sagte er. Deshalb bekomme ich dieses Gefühl. Ich mag es nicht. Ich beginne zu zittern.

Ich will, daß du es fühlst, sagte sie.

Wirklich? sagte er.

Ja. Sie küßte ihn und legte seine Hand auf ihre Brust.

Mitten in diesem seltsamen Traum, als Abdeslam nicht mehr sicher war, was passierte, bemerkte er plötzlich, daß Aouicha sich verändert hatte. Sie schien wie in Trance. Immer fester klammerte sie sich an ihn, und bald begann sie zu stöhnen. Er wußte nicht, was mit ihr los war. Es erschreckte ihn und erinnerte ihn an den Mann, der sich in ein Kamel verwandelt hatte. Sie hat einen Anfall, dachte er. Sie ist selbst dran schuld.

Schließlich wurde sie ruhiger, und er sagte: Ich bin müde.

Schlaf nur, sagte sie und küßte ihn.

Er drehte sich um und dachte mit dem Gesicht zur Wand: Sie hat mich zu einer Sünde verleitet. Einer schrecklichen Sünde.

Aouicha blies die Lampe aus.

18

Am Morgen stand Aouicha früh auf, machte Frühstück für Abdeslam und ging nach Hause, nachdem sie das Essen für ihn in das mittlere Zimmer gestellt hatte. Bald darauf stand Abdeslam auf. Er aß und mußte immer daran denken, daß

Aouicha das Frühstück gemacht hatte. Dann begann er an sie zu denken und an die Sünde der vergangenen Nacht. Er beschloß, daß er nicht fähig sei, zur Arbeit zu gehen und daß es das beste wäre, nun eine Weile den Koran zu lesen.

Er nahm das Buch von einem kleinen Tisch in der Ecke. Es war ein gebrauchtes Exemplar, das er irgendwann in der Joteya gekauft hatte. Er öffnete es und begann laut daraus zu lesen. Neben ihm auf dem Taifor lagen seine Kifpfeife und sein Kif sowie ein Aschenbecher mit Wasser darin. Am Anfang, bevor ihm der Kif zu Kopf stieg, las er mit leiser Stimme. Aber bald sang er aus vollem Hals. Den Koran zu lesen ist wie in Trance zu verfallen oder zu tanzen, bis man sein eigenes Blut trinkt. Es beginnt langsam und wird wilder und heftiger, bis derjenige, der es macht, nicht mehr weiß, wer er ist.

Abdeslam machte es sehr lange, mit ganz lauter Stimme. Im mittleren Zimmer waren zwei Fenster, und sie standen offen. Einer der Nachbarn, die hinter dem Mahal wohnten, saß bei seiner Familie und hörte zu. Die Leute nannten ihn El Fqih, weil er ein großer Leser des Korans war und oft Tolba einlud, in seinem Haus zu lesen. Nachdem er eine Weile zugehört hatte, sagte El Fqih zu seiner Frau: Sehr seltsam, aus einem solchen Haus. Noch dazu eine gute Stimme. Es ist ein kleiner Junge. Und der Junge versteht offenbar, was er liest.

Bald darauf schickte El Fqih einen seiner Söhne zu Bachirs Haus. Er pochte laut an die Tür. Abdeslam öffnete.

Guten Morgen, sagte der Junge. Wer ist hier im Haus?

Niemand. Ich bin allein.

Wer hat aus dem Koran gelesen?

Ich. Warum?

Nichts. Mein Vater hat zugehört, und dann hat er mich gebeten, nachzusehen, wer es ist. Das ist alles. Entschuldige die Störung.

Der Junge ging die Gasse hinunter. Abdeslam schloß die Tür. Er legte den Koran weg und begann auswendig zu singen. Und er beendete die Sure.

Der Junge ging zu seinem Vater zurück. Wer war es? fragte El Fqih.

Ein Junge wie ich.

Und wohnt in diesem Haus? Sehr eigenartig, sagte El Fqih. Morgen kommen die Tolba, incha' Allah, und wir werden diesen armen Jungen einladen.

Ja, Vater.

Abdeslam hatte Lust, auf die Straße zu gehen, aber er saß da und dachte nach. Er hatte kein Geld, und er schämte sich, jetzt ins Café zu gehen, da er nicht zur üblichen Zeit hingegangen war. Schließlich beschloß er, trotzdem zu gehen.

Als er das Café betrat, blickte Si Mokhtar ihn erstaunt an. Ist etwas passiert? fragte er ihn. Warum kommst du so spät?

Mir war nicht gut, als ich aufstand, und nach einer Weile fühlte ich mich besser, und deshalb bin ich gekommen.

Si Mokhtar sah ihn an und sagte: Du bist ein wenig blaß. Ich bin froh, daß es dir besser geht. Heute ist Freitag, oder?

Ja.

Ich möchte auf den Friedhof in Bou Araqia gehen, um meinen Vater und meine Mutter zu besuchen, sagte Si Mokhtar. Und ihre Gräber ein wenig mit Wasser zu besprengen und einen Taleb etwas für sie lesen zu lassen.

Nimm mich mit, sagte Abdeslam. Du brauchst keinen Taleb. Ich werde für sie lesen.

Si Mokhtar wußte, daß Abdeslam den Koran besser lesen konnte als viele Tolba. Sehr gute Idee, sagte er.

Unter dem Torbogen beim Eingang zum Friedhof saßen Leute und verkauften Raihane-Sträuße. Si Mokhtar kaufte welche, und sie trugen die Pflanzen hinein und stellten sie auf die Gräber. Sehr viele Leute kamen und gingen, so wie auf jedem Friedhof am Freitag. Abdeslam setzte sich auf den Boden und begann mit laut schallender Stimme zu rezitieren. Alle Leute, die hergekommen waren, um ihre Verwandten aufzusuchen, drehten sich nach ihm um. Drei Tolba, die in einiger Entfernung miteinander gesprochen hatten, kamen zum Grab und setzten sich, um zuzuhören. Wenn er innehielt, um Atem zu schöpfen, sangen sie weiter. Nachdem er aufgehört hatte, stand er auf und begrüßte und segnete die Tolba.

Abdeslam, mein Sohn, sagte Si Mokhtar, als sie aus dem Friedhof hinausgingen, wie kann ein Junge so viel vom Koran wissen und nicht weiter studieren?

Abdeslam gab keine Antwort.

Sie fuhren zurück in die Medina, setzten sich ins Café und rauchten große Mengen Kif. In seinen geheimsten Gedanken sah er das Bild, das er von sich selbst und Aouicha hatte, und von der verbotenen Sache, die sie miteinander getan hatten. Es war nicht nötig, irgend jemanden zu fragen, um sich zu vergewissern, daß es eine Sünde war, aber er war nun nicht sicher, wie weit es seine und wie weit es Aouichas Schuld war.

Si Mokhtar erzählte ihm von seinem Leben und davon, daß ihm dasselbe widerfahren war wie Abdeslam. Er war von zu Hause weggegangen, hatte auf der Straße geschlafen, viele fremde Länder bereist, war ins Gefängnis gesteckt worden und hatte schließlich gearbeitet und Geld verdient. Und außer dem Café hatte er auch noch zwei Häuser gekauft.

Hier verdiene ich nichts, mußt du wissen, sagte er. Ich sitze gern hier und sehe mir die Leute an. Deshalb behalte ich das Café. Ich kann nicht zu Hause sitzen und den ganzen Tag nichts tun.

Du hast ein schweres Leben gehabt, sagte Abdeslam.

Ja, mein Sohn, das habe ich.

Obwohl ich nicht glaube, daß es so schlecht wie meines war.

Dazu kann ich nichts sagen, sagte Si Mokhtar. Das ist die Frage.

Sag mir die Wahrheit. Mein Leben ist schlechter, oder?

Deines ist schlechter, nehme ich an, weil du ein Kind bist, sagte Si Mokhtar. Ich habe zu Hause gelebt, bis ich siebzehn war. Das ist der große Unterschied. Ich war schon ein Mann, als ich weglief. Und dann bekam ich Streit, und ich ging nach Algerien. Dort habe ich geheiratet. Das ist die Frau, die ich jetzt noch habe. Als ich zurückkam, war ich vierzig. Ich hatte Geld, und ich kaufte die Häuser. Jetzt ist alles in Ordnung, Hamdoul'lah.

Ja, sagte Abdeslam. Du bist mit siebzehn weggelaufen und hast geheiratet und Häuser gekauft. Sie werden mich nie siebzehn werden lassen. Wenn ich schon siebzehn wäre, dann hätte ich auch schon jemanden verprügeln und weglaufen und heiraten und Geld verdienen können. Aber das macht nichts. Ich bin gesund und munter, und ich brauche nichts von niemandem.

Das ist die Frage, sagte Si Mokhtar. Eine Weile war er still. Dann sagte er: Wäre es dir recht, wenn ich dich eines Tages adoptieren würde? Du könntest bei mir und meiner Frau leben, wie wenn du unser Sohn wärst. Was meinst du? Glaubst du, das würde dir gefallen?

Ich weiß nicht, sagte Abdeslam.

Und dann später würde ich dir eines der Häuser und das Café überlassen. Ich würde sie auf deinen Namen überschreiben. Oder wenn ich lange genug lebe und du alt genug bist, um zu heiraten, würde ich ein Mädchen für dich suchen. Ein aufgewecktes Mädchen aus guter Familie, das lesen kann. Du hättest ein glückliches Leben mit einer guten Frau und Kindern.

Aber ich denke nicht daran zu heiraten oder Häuser und Cafés zu besitzen, entgegnete Abdeslam. So möchte ich nicht leben. Wenn ich erwachsen bin – falls ich es erlebe, incha' Allah –, möchte ich ein eigenes Café und ein eigenes Haus bauen. Oder sogar ein eigenes Hotel. Ich will es selbst schaffen, nach meinen eigenen Ideen und mit meinen eigenen Händen. Weißt du, Si Mokhtar, alles, was man nicht selbst bezahlt, schadet einem bloß. Nur die Sünde kostet nichts.

Si Mokhtar blickte ihn erstaunt an. Er sagte nichts.

Entschuldige, daß ich mich nicht zuerst bedankt habe, sagte Abdeslam.

Du hast nichts Falsches gesagt.

Ich sage immer das Falsche, aber es ist nicht meine Absicht.

Nein, nein, sagte Si Mokhtar. Ich verstehe schon. Ich habe ohnehin nur so dahergeredet.

Bald darauf kam ein Junge mit einem Korb in das Café. Hier ist dein Mittagessen. Deine Frau schickt es, sagte er.

Si Mokhtar nahm die Kasserole mit gekochtem Lamm mit Oliven und einen Laib Weißbrot heraus, und sie setzten sich zum Essen. Als sie fertig waren, begannen sie wieder mit dem Kif und tranken noch mehr Kaffee. Dann beschloß Abdeslam zu reden. Ich brauche ein wenig Geld, sagte er.

Wofür brauchst du Geld?

Das darfst du mich nicht fragen. Du sollst nur sagen: Ich leihe es dir, oder: Ich leihe es dir nicht.

Ich kann nicht sagen, daß ich es nicht habe, sagte Si Mokhtar. Aber ich kann fragen, wofür du es brauchst. Na ja, ist ja egal. Er stand auf, und ohne ein weiteres Wort nahm er dreihundert Peseten und gab sie Abdeslam.

Danke vielmals. Er steckte das Geld in die Tasche. Ich muß jetzt gehen, sagte er.

Ich hoffe, es geht dir morgen wieder gut, sagte Si Mokhtar. Denk daran, für mich bist du wie jemand aus meiner eigenen Familie. Wenn du nur bei den richtigen Leuten wohnen würdest, dann könntest du der bleiben, der du jetzt bist, ein guter Junge aus einer guten Familie.

Aber ich will nicht so bleiben, wie ich jetzt bin!

Du hast gesagt, du willst nicht bei mir und meiner Frau wohnen, sagte Si Mokhtar. Aber laß mich zumindest zu deinem Vater gehen und mit ihm reden. Ich kann es in Ordnung bringen. Und dann kannst du nach Hause gehen, wo du hingehörst. Das ist der einzige Ort, wo du glücklich sein kannst. So kannst du nicht weitermachen, Abdeslam. Es tut mir weh, wenn ich daran denke, daß du auf diese Weise lebst.

Ich tue ja gar nichts, protestierte Abdeslam. Wieder dachte er an die vergangene Nacht, an die Sünde mit Aouicha.

Ich weiß, wie du lebst, sagte Si Mokhtar.

Wenn du willst, daß wir weiter Freunde sind und einander achten, dann mußt du mir einen Gefallen tun, Si Mokhtar.

Und welchen, Abdeslam?

Geh nicht zu meinem Vater und sag mir nie wieder, daß ich nach Hause zurückgehen soll. Ich gehe nicht zurück. Nicht, solange ich lebe. Und ich lebe noch immer! Es ist halb vier. Bis später, oder bis morgen. Auf Wiedersehen.

19

Abdeslam hatte das Gefühl zu schweben, als er das Café verließ. Der Kif summte in seinem Kopf. Er ging an der Djemaa el Jdida vorbei und die Straßen hinunter bis zur Saqqaya. Die Frauen und Kinder füllten ihre Eimer am Brunnen auf dem Platz und machten Lärm dabei, aber dieser wurde durch die Musik von Männern in einem Café übertönt. Er blieb stehen, hörte zu und beschloß, daß ihm das Stück gefiel. Er war noch nie in diesem Café gewesen, aber er ging die Treppe hinauf und nahm Platz. Dort und da saßen Männer, und oben auf der Soudda, die die Köpfe der Gäste überragte, saß eine Gruppe von Männern, die Djellabas und Turbane und altmodische Djebala-Hosen trugen. Einer von ihnen hatte eine große Guinbri, einer eine Tenibar, ein weiterer eine Geige, und es gab andere mit Trommeln und Tamburinen. Und eine junge Person in einem Kaftan mit einem hauchdünnen Dfin darüber tanzte und sang. Abdeslam konnte nicht erkennen, ob es ein Mädchen oder ein Junge war. Als er eintrat, sprachen die Musiker über ihn in eigenen Versen, die sie ihrem Lied hinzufügten. Hier ist ein neuer Junge. Er war noch nie da, sangen sie. Das verstand er, aber dann sangen sie mehr über ihn, in Worten, die er nicht verstand.

Der Qahouaji kam auf ihn zu und sagte: Guten Abend. Was möchtest du trinken?

Eine Coca-Cola. Sehr kalt.

Der Qahouaji brachte es. Zugleich mit ihm kam der Tänzer an seinen Tisch und verneigte sich tief vor ihm. Abdeslam starrte ihn an. Ein Mann in seiner Nähe redete ihn an. Weißt du nicht, was er will?

Nein, sagte Abdeslam. Ist es ein Junge?

Er will etwas von dir.

Abdeslam fuhr mit der Hand in die Hosentasche, nahm fünf Peseten heraus und gab sie dem Tänzer, der sich schnell wieder in die Mitte des Raumes begab und weitertanzte.

Ein Mann reichte Abdeslam eine Pfeife Kif. Er rauchte sie, stopfte den Pfeifenkopf aus seiner eigenen Dose und gab sie zurück. Alle waren gut gelaunt. Es gab Musik, Gesang, Tanz und Kif, damit das auch so blieb. Schließlich verabschiedete sich Abdeslam von den Männern in seiner Nähe, bezahlte das Coca-Cola und ging. Zu diesem Zeitpunkt fühlte er sich so leicht wie die Luft selbst. Bald war er wieder im Mahal. Er wußte nicht, ob er Aouichas Klopfen an der Tür hören wollte oder nicht. Er legte sich auf den Boden und spielte mit seinen Sachen, aber in seinem Kopf war soviel Kif, daß er immer wieder aufsprang und in die anderen Zimmer ging, als ob er dort jemanden zum Reden finden könnte. Dann sang er eine Weile, und mitten in seinem Singen kam Bachir herein und sah ihn an, wobei er hin und her schwankte. Er hatte Schnaps getrunken.

Ach, du bist es, Bachir.

Ja, ich.

Du kommst früh.

Ja, ich habe einen Freund mitgebracht.

Er zog einen jungen Mann hinter sich her. Das ist Hamidou.

Abdeslam sagte: Guten Tag. Aber der andere grinste nur und setzte sich auf den Diwan.

Wie ich sehe, raucht er Kif, sagte Hamidou zu Bachir, als ob Abdeslam gar nicht im Zimmer wäre.

Stört dich das? fragte Abdeslam.

Wie ich sehe, hat er auch immer den Mund offen, fuhr Hamidou fort.

Ja, ich rede und rauche Kif. Und noch einiges mehr, sagte Abdeslam. Aber ich trinke keinen Schnaps.

Hamidou beobachtete ihn noch immer nicht. Du mußt dich seiner einmal annehmen, sagte er zu Bachir. Er braucht eine starke Hand.

Bachir lachte. Du hast recht, Hamidou. Er braucht eine Nacht mit mir. Das würde ihn wieder auf den Boden zurückbringen.

Hamidou streckte die Hand aus und ergriff voll Zustimmung Bachirs Hand. Ein Mann ist nötig, um einem Jungen beizubringen, was er wissen muß, sagte Hamidou. Das kann man nicht einer Frau überlassen. Sie wird ihm nur das beibringen, was sie will.

Bachir stieß beifällige Rufe aus, und wieder schüttelten sie einander lachend die Hand.

Abdeslam verstand nicht ganz, was sie sagten, aber er wußte, daß sie über ihn redeten.

Ich brauche niemanden, der mir erklärt, was ich wissen muß, sagte er.

Hamidou lachte noch lauter. Bachir fixierte Abdeslam einen Augenblick lang und sagte dann: Das würde mich nicht überraschen.

Abdeslam hatte genug davon, ausgelacht zu werden, und so stand er auf, nahm seine Pfeife und seinen Kif mit in sein Zimmer und machte die Tür zu. Nicht viel später hörte er, wie sich die Eingangstür schloß. Er nahm an, die beiden Männer wären gegangen, und so ging er zurück ins mittlere Zimmer und setzte sich auf den Diwan, um zu rauchen. Dann blickte er auf und sah, wie Bachir aus der Latrine kam und sich die Hose zuknöpfte.

Ich dachte, du wärst weggegangen, sagte er zu Bachir.

Bachir gab keine Antwort. Gebeugt ging er auf die andere Seite des Zimmers und setzte sich auf ein Kissen. Dann blickte er Abdeslam an und hörte nicht auf damit.

Plötzlich sagte er: Abdeslam.

Ja?

Wann wirst du eine Nacht mit mir verbringen?

Abdeslam sah ihn an. Bitte, Bachir, sagte er. Wenn du willst, daß wir Freunde bleiben, dann sag so etwas nicht zu mir.

Bachir grinste höhnisch. Ist das arme kleine Ding denn jetzt schon ganz erschrocken?

Abdeslam wurde rot. Ich bin keine Frau, sagte er. Warum machst du solche Witze?

Bachir grinste wieder.

Ich achte dich. Und ich vertraue dir. Du bist ein Mann, und du kennst meinen Vater. Aber solche Witze mag ich nicht.

Ich habe nichts gesagt, oder? sagte Bachir. Was ist so schrecklich daran, eine Nacht mit mir zu schlafen? Macht dir das solche Angst?

Hör auf, Bachir!

Sehr bald wirst du eine ganze Nacht mit mir in meinem Bett liegen. Gewöhne dich also lieber an diesen Gedanken. Wenn ich dich zwingen muß, wird es dir nicht gefallen. Du mußt freiwillig kommen. Dann wirst du es mögen.

Niemals! rief Abdeslam. Nie wirst du mich dazu bringen.

Bachir holte aus und gab Abdeslam einen Stoß gegen die Brust, so daß er nach hinten fiel. Sag nicht niemals zu mir! schrie er.

Es klopfte. Bachir öffnete die Tür. Es war einer der Männer, die im Hafen mit ihm arbeiteten.

Ahilan, Bachir! Er kam herein und setzte sich hin. Wer ist das? sagte er und zeigte auf Abdeslam.

Ein Freund von mir, sagte Bachir und hielt dem Mann ein Päckchen Zigaretten hin.

Ach, du meinst, ein enger Freund?

Mehr oder weniger.

Nein! rief Abdeslam. Das ist nicht wahr! So ist das nicht!

Vielleicht jetzt noch nicht, sagte Bachir. Aber es wird so werden, das sage ich dir! Früher oder später wirst du mit mir in diesem Bett dort liegen. Und wenn es soweit ist, dann denk an das, was ich dir gesagt habe.

Er wandte sich zu seinem Freund. Gehen wir.

Bachir schob den Mann auf die Straße, folgte ihm und schlug die Tür zu.

Nun war es wieder einmal still im Haus.

Abdeslam setzte sich auf den Diwan und blickte zu Boden. Es hatte sich herausgestellt, daß Aouicha etwas wollte, als sie ihn zum ersten Mal küßte. Jetzt verstand er, daß Bachir keineswegs scherzte und daß auch er etwas wollte. Er schloß die Augen und erinnerte sich an das, was Aouicha zu Zohra gesagt hatte: Bachir ist Jungen gewohnt. Das hatte damals keinen Sinn ergeben. Jetzt dachte er: Er benützt Jungen als Frauen, so ist es.

Schlechte Zeiten standen ihm bevor. Nach einer Weile merkte er, daß er still vor sich hinweinte.

Als die Tränen seinen Kopf vom Kif gereinigt hatten, konnte er wieder denken. Er sagte sich, er müsse leben lernen, ohne zu weinen. Wenn er sich daran gewöhnen könnte, unglücklich zu sein, dachte er, dann würde er nicht mehr weinen. Dann ging er in sein Zimmer, kniete sich hin und betete zu Allah, er möge ihn bis zu seinem fünfzehnten Jahr leben lassen. Dann würde er stark genug sein, um gegen Bachir zu kämpfen.

Jetzt kann ich ihm nichts anhaben. Ich muß warten. Eines Tages, wenn ich groß bin, werde ich zu ihm hingehen und sagen: Jetzt sag es. Sag, daß ich die Nacht mit dir verbringen soll.

Eine Weile saß er auf dem Boden und dachte an alles, was er Bachir antun würde. Schließlich stand er auf und machte

Kaffee. Zum Kaffee rauchte er mehrere Pfeifen Kif. Plötzlich sprang er auf und setzte die Eisenbahn und die Tiere in Gang. Er ließ sich auf dem Diwan nieder und spielte auf der Guinbri, während die Sachen sich bewegten, und fühlte sich vom Kif ganz benommen. Als er lange genug gespielt hatte, setzte er sich auf und begann den Koran zu rezitieren.

Er hatte über eine Stunde laut gesungen, als jemand an die Tür klopfte.

Bismillah, flüsterte er. Vielleicht wird dieser mir Glück bringen, wer immer es ist.

Er öffnete die Tür. Es war der Sohn des Nachbarn El Fqih mit einem Korb auf dem Arm.

Das schickt dir mein Vater, sagte der Junge. Morgen, inch' Allah, lädt er dich in unser Haus ein. Um drei Uhr nachmittags.

Gut, sagte Abdeslam. Er nahm dem Jungen den Korb ab und schloß die Tür.

Darin waren eine Tajine aus Lamm, Eiern, Mandeln und Zwiebeln sowie zwei Brotlaibe. Während Abdeslam aß, dachte er daran, wie er in der Moschee studiert hatte. Wenn jemand Essen brachte, segnete der Fqih ihn immer, und die Jungen riefen im Chor: Amin! Und er ging zum Fenster, setzte sich und sang eine Sure. Er war sicher, daß der Mann ihn hören konnte. Als er die Sure beendet hatte, sprach er seinen Segen. Dann lehnte er sich zurück und dachte an andere Abschnitte des Korans, jene, die sich mit der Sünde des Alkoholtrinkens befaßten.

Es war neun Uhr. Er hatte das Gefühl, Aouicha könnte an die Tür klopfen, und er sprang auf, da er befürchtete, sie könnte kommen, bevor er aus dem Haus war.

Er ging ins Café. Was machst du hier so spät? sagte Si Mokhtar.

Ich hatte keine Lust, schlafen zu gehen. Abdeslam setzte sich auf einen Stuhl und legte die Füße auf einen zweiten. Si Mokhtar saß ihm gegenüber. Bis nach Mitternacht tranken sie Kaffee und rauchten Kif. Irgendwann fielen Abdeslam die Augen zu, und er schlief ein. Da stand Si Mokhtar auf und setzte sich in die dunkle Ecke neben dem Feuer. Es waren nur noch drei Männer im Café, und sie sprachen nicht miteinander. Es war ganz still.

Was für ein Jammer! sagte Si Mokhtar zu sich und dachte daran, wie Abdeslam lebte. Wäre er nur mein Sohn, dann könnte ich ihn retten. Ich würde ihn erziehen und einen glücklichen Menschen aus ihn machen.

Dann zuckte er die Achseln, dachte daran, wie Abdeslam wirklich war und wie er sich immer weigerte, auf irgend jemanden zu hören.

Zu Hause konnte er nicht schlafen, und deshalb kam er hierher, dachte er. Aber warum? Warum konnte er zu Hause nicht schlafen?

Abdeslam schlief weiter in derselben Stellung, auf einem Stuhl sitzend und die Füße auf der Sitzfläche des anderen. Si Mokhtar wollte ihn nicht stören. Die Gäste gingen, und Si Mokhtar sperrte das Café zu. Dann legte er sich auf seine Matte, hüllte sich in eine Decke und schlief ein. Normalerweise verbrachte er die Nacht nicht im Café, aber diese eine Nacht machte es ihm nichts aus, denn er hatte das Gefühl, er müsse Abdeslam weiterschlafen lassen.

Um halb sechs Uhr morgens stand Si Mokhtar auf, begann Feuer zu machen und das Café aufzuräumen. Abdeslam schlief bis halb neun. Sein Rücken tat ihm weh, als er aufwachte, aber der Schmerz verging, als Si Mokhtar ihm ein Frühstück machte. Er beschloß, Si Mokhtar zu sagen, er fühle sich immer noch krank.

Geh lieber nach Hause, sagte Si Mokhtar. Vielleicht fühlst du dich später besser.

Abdeslam ging zurück zum Mahal.

Er sperrte die Tür auf und ging hinein. Eine unbekleidete Frau lag schlafend in Bachirs Bett. Als sie ihn hörte, wachte sie auf und deckte sich zu.

Was machst du hier? rief sie. Wer bist du?

Es fragt sich, wer du bist, sagte Abdeslam.

Ich bin eine Freundin von Bachir. Wie bist du hereingekommen?

Ich bin auch ein Freund von ihm, sagte er, und er schwenkte den Schlüssel in der Hand.

Was meinst du damit, ein Freund von ihm? sagte die Frau. Du meinst, du schläfst mit ihm?

Nein, ich schlafe nicht mit ihm, sagte er. Er ist ein Freund von mir. Er kennt meinen Vater. Ich zahle die halbe Miete.

Die Frau begann zu lachen. Bist du Abdeslam?

Ja.

Als Bachir heute morgen aufstand, rief er im ganzen Haus nach dir. Aber ich habe nicht gewußt, daß du noch ein Baby bist.

Ich habe in einem Café geschlafen, sagte Abdeslam.

Er ging in sein Zimmer. In ein paar Minuten hatte die Frau sich angezogen und saß auf dem Diwan im mittleren Zimmer. Abdeslam setzte sich ihr gegenüber auf ein Kissen und schaute sie an.

Weißt du, sagte er, mit deinem Zigdoun und der weiten Hose und den kurzen Haaren siehst du aus wie ein Gorilla.

Was soll das heißen? rief sie. So ein unverschämter Lümmel ist mir noch nie untergekommen!

Daß du nicht hübsch bist, ist eine Tatsache, fuhr er fort. Ich weiß, daß du nichts dafür kannst. Aber du bist abstoßend, und dafür kannst du etwas.

Die Frau schnappte nach Luft. Abdeslam sagte: Aber das gefällt Bachir. Noch nie hat er ein hübsches Mädchen mitgebracht. Sie sehen alle aus wie du.

Die Frau stand auf.

Du dreckiger kleiner Zamil, sagte sie. Ich hoffe, Bachir reißt dir den Arsch auf. Sie drehte sich um und ging.

20

Bevor Abdeslam an diesem Nachmittag zu El Fqih ging, wusch er die Teller und Töpfe, die El Fqih ihm geschickt hatte. Dann stellte er sie in den Korb, in dem der Junge sie gebracht hatte.

Die Tolba saßen bereits auf dem Fußboden, als er mit dem Korb eintraf. Er küßte El Fqih die Hand und setzte sich zu ihnen. Einer nach dem anderen rezitierte. Dann kam Abdeslam an die Reihe, und er trug eine Sure über die Sünde vor. Als er damit fertig war, sagte der oberste Taleb zu ihm: Mögest du offenen Auges und ohne Angst sterben! Noch nie habe ich einen kleinen Jungen so rezitieren hören.

Nachdem sie alle mit dem Rezitieren fertig waren, sangen sie im Chor dreimal: Allah akbar! und darauf dreimal: Salaam aleikoum! El Fqih ließ Henna holen, und sie verrieben es auf Abdeslams rechter Hand. Ein paar Minuten später brachten sie Wasser und Seife und wuschen es weg, aber die Farbe blieb auf seiner Haut.

El Fqih setzte sich neben Abdeslam und begann mit ihm zu reden: Das Haus, in dem du wohnst, ist nicht der richtige Ort für dich, sagte er zu ihm. Ich habe die Frauen gesehen, die dort hingehen. Es sind lasterhafte Frauen. Sie können dir sehr schaden.

Abdeslam merkte, daß El Fqih sich in sein Leben einmischen wollte. Er machte ein finsteres Gesicht und sagte: Es regt mich auf, wenn ich höre, wie Leute über andere Leute hinter deren Rücken reden.

Du hast recht, mein Sohn, und Allah vergebe mir, sagte El Fqih. Es tut mir leid, die Frauen erwähnt zu haben. Du scheinst mir ein gescheiter Junge zu sein. Hast du keinen Vater?

Ich habe eine ganze Familie, sagte Abdeslam.

Was machst du dann in dem Haus?

Ich bin hier, weil ich in diesem Haus nicht Französisch lernen muß! rief Abdeslam.

El Fqih verstand ihn offensichtlich nicht, und Abdeslam beschloß, daß der Augenblick gekommen war, um zu gehen. Er empfahl sich und ging zurück zum Mahal.

Wieder in seinem Zimmer, setzte er sich auf das Bett, seine Pfeife und den Kif vor sich auf dem Taifor, und begann ernsthaft zu rauchen. Während er rauchte, dachte er, daß er von dem Leben mit Bachir genug hatte. Sein ganzes Leben hat er im Hafen Zementsäcke getragen, sagte er sich. Er kann nicht lesen, nicht einmal reden, weil er nichts weiß. Was für ein Recht hat er, mir zu sagen, ich solle mit ihm in einem Bett schlafen? Ich habe ihm nichts getan.

Während er so dasaß, hörte er, wie die Tür aufging. Bachir war gekommen.

Du bist also hier? sagte Bachir.

Abdeslam stand auf. Ja, ich bin hier. Kann ich dich bitte kurz sprechen? Nur ein paar Worte.

Worüber?

Ich zahle hier meine Miete und helfe dir bei vielen Dingen im Haus. Ich verstehe nicht, warum du so mit mir sprichst.

Was soll das? Was habe ich denn gesagt?

Du weißt, was du gestern abend gesagt hast. Daß du mich dazu bringen willst, in deinem Bett zu schlafen, selbst wenn du mich verprügeln mußt.

Verstehe. Und der Gedanke, verprügelt zu werden, gefällt dir nicht?

Nein.

Dann komm lieber freiwillig.

Niemals!

Bachir holte aus und schlug Abdeslam so fest ins Gesicht, daß er hinfiel. Dabei stieß er gegen einen eisernen Schemel, was einen tiefen Schnitt in seinem Arm zur Folge hatte. Er lag auf dem Boden, blickte zu Bachir auf und versuchte, nicht zu weinen.

Du hast gesehen, daß ich kleiner bin als du, sagte er, und deshalb hast du dich stark gefühlt und mich geschlagen. Jetzt fühlst du dich noch stärker.

Halt den Mund! sagte Bachir und ließ seinen Fuß über Abdeslams Gesicht baumeln. Ich schlag dich zu Brei.

Abdeslam rappelte sich vom Boden auf. Auf dem Tisch neben ihm stand ein irdener Teller. Er packte ihn und warf ihn nach Bachir, verfehlte ihn jedoch. Dann lief er in sein Zimmer, und Bachir rannte hinterher. In diesem Augenblick klopfte es an der Tür. Anstatt Abdeslam weiter in sein Zimmer zu verfolgen, öffnete Bachir die Tür. Allal, ein Freund von Bachir, kam herein. Er mußte über die Scherben des zerbrochenen Tellers steigen. Bachir keuchte, und Abdeslam weinte in seinem Zimmer.

Was hat der Junge? Was geht hier vor?

Dieser kleine Hurensohn! schrie Bachir. Nach allem, was ich für ihn getan habe! Nach all dem Essen und den Kleidern, die er bekommen hat!

Abdeslam kam wieder ins Zimmer gelaufen. Das ist eine Lüge! kreischte er. Du bist ein Hurensohn, nicht ich! Du schlägst mich und stößt mich zu Boden, weil du ein Mann bist und ich mich nicht wehren kann. Ich zahle meine Miete und kaufe mein Essen selbst. Du kaufst nie etwas. Und was für Kleider hast du mir je geschenkt? Keines davon hast du bezahlt!

Bachir begann zu lachen. Ich weiß, aber Aouicha.

Und sie ist meine Freundin, nicht deine!

Bachir lachte noch lauter. Vielleicht wird sie es eines Tages sein, sagte er. Jetzt noch nicht.

Und eines Tages, das schwöre ich bei Allah, wenn ich groß genug bin, dich umzubringen, stehe ich vor dir.

Nein, nein! rief Allal. Bachir ist dein Freund. Du darfst nicht so reden. Schwöre nicht bei Allah und rede nicht davon, jemanden umzubringen.

Es ist seine Schuld, sagte Abdeslam. Immer sagt er, ich

muß mit ihm schlafen, und ich will nicht. Und deshalb haßt er mich, weil ich es nicht tue. Und ich werde es nie tun. Erst muß er mich umbringen.

Bachir macht nur einen Scherz mit dir, sagte Allal. Merkst du das nicht?

Es sind doch genug Frauen auf der Straße, fuhr Abdeslam fort. Er kann jede Frau mit nach Hause bringen, die er will. Er kann auch Jungen mitbringen, alle Zouamel der Stadt. Es ist mir egal, wen er in seinem Bett hat. Warum ist er hinter mir her?

Mach dir keine Sorgen, sagte Allal. Er meint es nicht so.

Bachir und Allal bereiteten eine Tajine aus Schwertfisch und roten Pfefferschoten zu, und Abdeslam saß still da, sah zu und rauchte seinen Kif. Die beiden Männer tranken ziemlich viele Gläser Wein, während sie kochten. Von Zeit zu Zeit stand Abdeslam mit dem Blasebalg auf und fachte die Kohlen in der Kohlenpfanne für sie an. Und manchmal reichte er Allal eine Pfeife Kif, und Allal rauchte, nickte dankend, stopfte sie mit seinem Kif und gab sie Abdeslam zurück. Als die Tajine fertig war, nahmen sie sie von der Kohlenpfanne und stellten sie auf den Boden. Nach einer Weile war sie abgekühlt, und sie begannen zu essen.

Nach dem Essen ging Bachir weg, um mehr Wein zu holen. Als dieser ausgetrunken war, war er sehr betrunken. Wieder begann er Abdeslam anzuschauen. Darauf sagte er zu Allal: Ist er nicht eine Schönheit?

Laß den Jungen in Ruhe, sagte Allal. Siehst du nicht, daß man das so nicht machen kann? So wirst du nie etwas erreichen.

Bachir hörte nicht zu. Er stand auf und wandte seinen Blick nicht von Abdeslam. Ein wunderschöner Junge. Das ist die Wahrheit.

Er schwankte ein wenig hin und her. Abdeslam sprang auf, eine leere Weinflasche in der Hand. Während er sie über seinem Kopf schwang, trat er Bachir plötzlich in den Bauch.

Es war kein fester Tritt, aber er brachte Bachir aus dem Gleichgewicht, so daß er nach hinten auf den Diwan fiel.

Abdeslam rannte in sein Zimmer, die Flasche noch immer in der Hand, schlug die Tür zu und verriegelte sie. Dann stand er da und horchte mit einem Ohr an der Tür.

Morgen mache ich dich fertig! schrie Bachir. Ich scheiße auf deine Mutter!

Nichts wirst du tun, du Hurensohn! rief Abdeslam.

Ich werde dich umbringen, sonst nichts.

Wenn du das tust, dann schneide ich dir das nächste Mal, wenn du betrunken bist, den Kopf ab!

Nachdem Abdeslam am nächsten Morgen ziemlich lange an der Tür gehorcht hatte, öffnete er sie und spähte ins mittlere Zimmer. Das Haus war leer. Bachir war zur Arbeit gegangen. Er zog sich rasch an und eilte ins Café.

Als er seinen Kaffee getrunken und seine Croissants gegessen hatte, lehnte er sich zurück und sagte zu Si Mokhtar: Ich bin einsatzbereit.

Sehr gut, sagte Si Mokhtar. Dann kann ich ja gleich nach Hause gehen. Er steckte seine Sachen in eine Kouffa, ging hinaus und überließ Abdeslam die Verantwortung über das Café.

Nach ein paar Minuten kam er zurück. Abdeslam, sagte er, ich habe etwas vergessen. Wir werden das jetzt anders machen.

Was denn?

Von jetzt an bedienst du den ganzen Tag allein die Gäste. Und wenn ich am Nachmittag komme, teilen wir uns das Geld in der Kasse. Wenn es hundert Peseten sind, dann bekommst du fünfzig und ich fünfzig. Und wenn es zweihundert sind, bekommt jeder hundert. Was meinst du dazu?

Das ist eine ausgezeichnete Idee, sagte Abdeslam. Danke.

Deshalb bin ich zurückgekommen, um dir das zu sagen, sagte Si Mokhtar. Er ging wieder auf die Straße hinaus.

21

Als Bachir mit seiner Arbeit im Hafen fertig war, ging er auf ein paar Drinks in eine Bar am Kai. Als er zurück zum Mahal ging, war er noch immer wütend auf Abdeslam. Das Haus war leer, deshalb ging er direkt zum Café. Er ging hinein und auf Abdeslam zu.

Jetzt besorg ich's deiner Mutter, du kleiner Scheißkerl!

Du redest wohl von deiner Mutter, sagte Abdeslam. Ich habe zu tun. Mach lieber keinen Ärger.

Zwei betrunkene Jugendliche saßen herum. Sie standen auf und gingen zu Bachir. Was willst du von dem Jungen? fragten sie ihn, und sie begannen ihn anzurempeln und wollten ihn schon verprügeln, doch Abdeslam bat sie, es nicht zu tun.

Danke für eure Hilfe, sagte er zu ihnen. Ihr seht, wie groß er ist und wie klein ich bin. Wenn er nüchtern ist, kann er mich schlagen, aber wenn er betrunken ist, schlage ich ihn.

Bachir brummte und ging.

Am Nachmittag kam Si Mokhtar, und sie rechneten ab. Abdeslam hatte während des Tages zweihundertvierundachtzig Peseten eingenommen. Nach Abzug der Spesen blieben ihm hundertsieben. Er war glücklich, als er das Geld in die Tasche steckte. Er ging zu einem Bacal und kaufte Brot, Zucker, Butter, Tee, Minze und Milch.

Als er zum Mahal kam, saß Bachir dort mit einer alten Spanierin und drei jungen Männern. Bachir beachtete ihn nicht, aber er gab ihnen allen die Hand, zuerst den drei jungen Männern und dann der alten Frau. Als er bei ihr angelangt war, wollte sie seine Hand nicht loslassen.

Setz dich zu mir, Gazelle, sagte sie.

Abdeslam zog seine Hand weg. Was spielt es für eine Rolle, ob ich eine Gazelle oder ein Esel bin, sagte er. Ist das nicht egal?

Warum so mürrisch, Gazelle? Die alte Frau kramte in ihrer Handtasche. Da. Da hast du fünf Peseten. Geh und kauf dir etwas Süßes.

Abdeslam blickte sie erstaunt an. Es geht mir nicht um Ihre Peseten, Señora, sagte er.

Ach so. Und worum geht es dir dann?

Nur um eines. Um Bachir.

Diesen Bachir da?

Er sagt dauernd, daß er mich verprügeln will. Ich habe ihm nichts getan. Und er schlägt mich und lacht mich dann aus, weil er stärker ist als ich.

Die Spanierin wandte sich an Bachir. Du behandelst ihn doch nicht wirklich so, Bachir. Du hast ihn doch nicht wirklich geschlagen, oder? Sie streckte den Arm aus und streichelte Bachirs Nacken.

Ja, ich habe ihn geschlagen, sagte Bachir. Ich weiß. Ich werde es nicht wieder tun.

Das hoffe ich. Du kannst ein Kind nicht so behandeln.

Schon gut, sagte Abdeslam zu der Frau. Ich verzeihe Bachir für die nächsten vier oder fünf Jahre.

Bachir lachte, und Abdeslam wandte sich ihm zu und sah ihm ins Gesicht. Vielleicht bin ich bis dahin auch ein Säufer, und wir sitzen in einer Bar. Ich bin dann ein Mann, und du bist auch ein Mann, aber fünfzehn Jahre älter. Und dann schneide ich dir ein neues Gesicht in den Hinterkopf.

Die Spanierin richtete sich auf. Wenn du so mit Bachir redest, dann wundert es mich nicht, daß er dich schlägt. Er hat sich gerade entschuldigt.

Warum schlägt er jemanden, der kleiner ist als er? Das ist feige. Und warum schläft er nicht einfach mit Frauen? Jungen sind schließlich nicht dazu da, daß man mit ihnen schläft.

Was soll das? sagte die alte Spanierin. Aber im selben Augenblick begann Bachir zu sprechen.

Ich weiß, sagte er. Tut mir leid, Abdeslam. Ich weiß, ich bin grob zu dir gewesen, aber jetzt höre ich mit diesen Spielchen auf. Du wirst sehen.

Schwörst du? sagte Abdeslam.

Ich schwöre.

22

Was Bachir gerade gesagt hatte, hob Abdeslams Stimmung sehr. Er ging in sein Zimmer und machte die Tür zu. Dann setzte er sich auf das Bett, rauchte Kif und horchte auf das Gelächter im Nebenzimmer. Nach einer Weile beschloß er, die Eisenbahn aufzustellen und seine Tiere aufzuziehen. Er wollte versuchen, sie so aufzustellen, daß das Kaninchen den Bären auf die Schienen stieß, kurz bevor der Zug kam. Er lief in das mittlere Zimmer und holte die Spielsachen.

Das Kaninchen und der Bär stießen einander um, und der Zug fuhr auf den Schienen im Kreis. Er stellte sie wieder auf und schob das Kaninchen näher zum Bären hin. Während die anderen sich unterhielten, ging Bachir zu ihm hinüber.

Heute habe ich Aouicha gesehen, sagte er.

Abdeslam hörte zu spielen auf und wandte sich zu Bachir. Wirklich? Ich habe sie seit drei Tagen nicht gesehen.

Ich frage mich, warum sie nicht da war, sagte Bachir.

Ich weiß nicht.

Sie hat gesagt, sie kommt vielleicht heute abend.

Bachir, sagte Abdeslam. Wo wohnt Aouicha?

Ein paar Straßen weiter unten. Nicht weit von hier. Warum?

Sie hat mich noch nie zu sich eingeladen.

Bachir starrte ihn an. Du willst doch dort nicht hingehen. Sie will dich dort nicht haben.

Wie kannst du wissen, ob sie das will oder nicht? fragte Abdeslam.

Ich sage dir nur, daß du nicht gehen sollst, das ist alles.

Wie könnte ich? sagte Abdeslam. Ich weiß nicht einmal, wo es ist.

Bachir ging ohne Antwort weg.

Die Spanierin war betrunken und lachte sehr laut. Hola, Gazelle! rief sie. Komm, setz dich, ich möchte mit dir reden.

Als er hinging und sich neben sie stellte, sagte sie zu ihm: Warum wohnst du nicht bei mir? Sie neigte den Kopf auf die Seite und schloß fast die Augen, während sie ihn ansah. Ich habe ein schönes kleines Mädchen zu Hause. Du solltest sie sehen! Ich stelle dich ihr vor, und wenn ihr erwachsen seid, heiratet ihr beide vielleicht. Was hältst du davon?

Die Worte der Frau riefen in Abdeslam den Verdacht wach, daß sie sich über ihn lustig machte, aber da sie ihn beim Sprechen ganz ernst ansah, war er sich nicht sicher.

Das ist sehr nett von Ihnen, Señora, sagte er. Danke. Aber ich bin Moslem, und ich könnte niemals eine Nazarenerin heiraten. Außerdem mag ich es nicht, wenn jemand mir sagt, was ich zu tun habe. Ich habe früher bei meiner Familie gewohnt, wissen Sie, und ich komme aus einer sehr großen Familie. Ich habe überall Verwandte. Aber trotzdem vielen Dank, Señora.

Gleich darauf klopfte es dreimal kurz an die Tür: Tantantan! Abdeslam sprang auf, lief hin und öffnete. Da stand Aouicha.

Aouicha! rief er, ohne ihr ins Gesicht zu sehen.

Sie trat ein. Wie geht es dir? fragte sie ihn.

Gut.

Aouicha begrüßte die anderen. Dann legte sie ihren Haik ab und reichte ihn Abdeslam.

Tut mir leid, daß ich dich nicht besuchen konnte, sagte sie. Ich hatte soviel zu tun. Zwei mit uns verwandte Familien vom Land waren im Haus meiner Mutter zu Besuch. Und ich mußte ihr helfen. Das Haus war voller Leute.

Hamdoul'lah! Hoffentlich waren sie alle bei guter Gesundheit, sagte Abdeslam.

Danke, sagte sie.

Die anderen redeten und lachten. Aouicha zog Abdeslam in eine Ecke. Und Bachir? Hat er sich ordentlich verhalten?

Abdeslam blickte zu Boden. Nun, da Aouicha hier bei ihm war und sich benahm, als wäre nicht das geringste zwischen ihnen vorgefallen, hatte er ein viel besseres Gefühl ihr gegenüber. Bachir, sagte er langsam. Ja, wir kommen gut miteinander aus. Aber eines Tages werde ich sein Blut trinken.

Sie packte ihn an der Schulter. Was hat er getan?

Er hat mich geschlagen, niedergestoßen und beschimpft. Er sagt, wenn ich nicht in sein Zimmer gehe und mit ihm in seinem Bett schlafe, wird er mich verprügeln und hineinzerren.

Ich wußte, daß es früher oder später so kommen würde, sagte sie. Sie ging zu Bachir hinüber und blickte auf ihn herab. Bachir! rief sie. Warum hast du Abdeslam geschlagen? Wenn ich gewußt hätte, was passieren würde, wäre ich nicht zu meiner Mutter gefahren. Ich wäre die ganze Zeit hiergeblieben.

Bachir blickte finster. Halte dich da raus, sagte er. Das geht dich nichts an. Was ich in diesem Haus mit dem Jungen mache, ist meine Sache. Für mich bist du nichts als eine Straßendirne. Du brauchst dir nur Sorgen zu machen, wieviel Geld du da draußen verdienst.

Einen Augenblick schwieg Aouicha. Die anderen hörten auf zu reden. Du hast recht, sagte Aouicha. Ich habe immer ans Geld denken müssen. Besonders, als ich mit dir zusammen war. Wie oft habe ich dir dabei zugesehen, wie du meine Handtasche geöffnet und alles genommen hast, damit du etwas zu essen hattest und deine Miete bezahlen konntest. Aber ich bin nur eine Straßendirne! Alles, was ich dazu zu sagen habe, ist: Zumindest bin ich auf der Straße. Dreck wie du wird einfach weggeschwemmt. Der bleibt nicht auf der Straße.

Hör mal, Aouicha, sagte Bachir. Du bettelst um zwei saftige Ohrfeigen, eine links und eine rechts. Die werden nicht auf sich warten lassen, wenn du nicht den Mund hältst.

Ya bastante! rief die alte Spanierin. Wir wollen eure Streitereien nicht anhören. Wir wollen tanzen und singen.

Sie begann in die Hände zu klatschen und mit den Füßen auf den Boden zu klopfen, und bald sang sie ein Flamencolied. Dann erhob sie sich vom Sofa und zog sich das Kleid über den Kopf. Sie warf es quer durch das Zimmer auf ein Kissen und setzte sich in ihrer Unterwäsche wieder hin, wobei sie sich Luft zufächelte.

Abdeslam starrte sie an. Warum haben Sie Ihr Kleid ausgezogen? fragte er.

Es ist heiß!

Aber Sie sitzen vor unseren Augen und zeigen Ihren Körper her. Sonst ist niemandem heiß.

Ja, aber ich bin eben dick.

Nein, sind Sie nicht. Sie sind bloß alt. Deshalb ist Ihre Haut so welk und runzlig.

So etwas darfst du nicht sagen! Du bist ein sehr ungezogener Junge!

Aber Sie sollten sich nicht ausziehen, sagte Abdeslam. Vier Männer schauen Sie an, und Sie sitzen da in Ihrer Unterhose. Das ist hier nicht üblich. Nazarener dürfen solche Dinge nur in ihren eigenen Ländern in Europa tun. Wenn eine Frau hier mit Männern im selben Raum sitzt, muß sie ihre Kleider anbehalten. Und es ist egal, wie heiß ihr ist. Sie kann jederzeit an die frische Luft gehen. Aber sie darf sich nicht ausziehen.

Die Frau gab keine Antwort. Sie blickte ihn wütend an.

Aouicha krümmte sich vor Lachen, und Bachirs Freunde lachten auch. Bachir sagte: Halt den Mund, Abdeslam, ja?

Ja, das werde ich, sagte er. Ich halte den Mund, und ihr werdet immer betrunkener. Die Señora wird noch ein Glas trinken, und dann wird sie auch das ausziehen, was sie jetzt noch anhat.

Die alte Spanierin sprang auf und zog ihr Kleid wieder an.

Es ist sehr spät. Ich muß gehen, sagte sie. Sie war immer noch verstimmt.

Ich habe nur Spaß gemacht, sagte Abdeslam und versuchte sie zurückzuhalten. Bleiben Sie bitte und tanzen Sie für uns. Sie drängte sich an ihm vorbei und ging hinaus. Bachir schien nicht zu bemerken, daß sie gegangen war.

23

Donnerstag und Sonntag waren für Abdeslam die arbeitsreichsten Tage der Woche. Die Stadt war voller Djebala, die vom Land kamen, um den Tag über auf dem Markt zu kaufen und zu verkaufen. Den ganzen Tag war das Café voller Männer in Djellabas und Turbanen. Sie besetzten sogar die Tische auf dem Gehsteig im Freien, und Abdeslam rannte ohne Unterlaß zwischen dem Feuer und den Tischen mit Tee und Kaffee und Coca-Cola hin und her. Die meisten Gäste rauchten Kif, und viele von ihnen versuchten es ihm zu verkaufen. Er kaufte nie welchen, da er gemerkt hatte, daß sie ihm welchen gaben, auch wenn er ablehnte. An diesen Tagen war seine Kifdose immer voll. Und sie reichten ihm ständig ihre Pfeifen zum Rauchen, so daß der Druck in Abdeslams Kopf, wenn Si Mokhtar am Nachmittag kam, um das Geld zu zählen, wegen des Kifs so groß war, daß dieser fast platzte. Manchmal, wenn er zurück zum Mahal kam, hatte er heftige Kopfschmerzen und konnte seine Augen nicht richtig auf einen Punkt konzentrieren. Er ging dann direkt in sein Zimmer, ließ sich auf die Matratze fallen und schlief ein. An manchen Abenden kam Bachir zum Essen nach Hause. Er ging hinein und weckte Abdeslam auf, damit sie gemeinsam essen konnten. Ansonsten schlief Abdeslam, bis Aouicha später am Abend anklopfte.

Eines Nachmittags ging Aouicha nicht zur Arbeit in die Nylonfabrik. Sie blieb bis um die Zeit zu Hause, zu der Bachir normalerweise vom Hafen zurückkam, und dann machte sie sich auf den Weg zum Mahal. Als sie dort eintraf, war Bachir gerade gekommen.

Wo ist Abdeslam? fragte sie.

Er schläft in seinem Zimmer.

Sie ging in das Schlafzimmer, und Bachir folgte ihr; sie standen da und blickten auf den schlafenden Abdeslam. Einen Augenblick später wandte sie sich zu Bachir und sagte: Wenn du ihn anrührst, wirst du wünschen, du hättest es nicht getan. Denk daran, ich bin nur eine Straßendirne.

Bachir lächelte. Er legte den Finger an die Lippen und zog sie in das mittlere Zimmer zurück: Das ist alles vorbei. Kannst du es nicht vergessen? Ich wollte ihn nur ärgern. Ich habe nicht gewußt, daß er es ernst nimmt.

Ich weiß, ich weiß, sagte Aouicha.

Was soll das heißen, du weißt?

Ich kenne dich. Denkst du, ich glaube dir?

Ich sage dir, ich werde ihn nicht anrühren! schrie er. Und was geht dich das überhaupt an? Für dich ist er ohnehin nutzlos. Das hast du mir schon vor langer Zeit gesagt. Er ist noch nicht soweit, hast du gesagt.

Aouicha lachte und hielt sich die Hände vor das Gesicht. Sie hatte Bachir nicht von der Nacht erzählt, die sie mit Abdeslam verbracht hatte. Nun dachte sie daran, wie Abdeslam sich seit dieser Nacht verändert hatte. Er schien immer erfreut, sie zu sehen, doch sie hatte das Gefühl, er beobachte sie ständig, so wie man jemanden beobachtet, der ein Dieb sein könnte. Und ständig hatte er etwas an ihr auszusetzen. Er trug ihr lange Abschnitte aus dem Koran vor, so daß sie ihn weder unterbrechen noch ihm widersprechen konnte. Wenn er das so lange getan hatte, daß sie ihm nicht mehr zuhörte, begann er ihr wieder zu sagen, was an ihr nicht stimmte, bevor sie die Möglichkeit hatte, etwas zu sagen. Sie liebte ihn deshalb um nichts weniger. Es bedeutete nur, daß sie ihm nicht nahekommen konnte.

Aber denk daran, sagte sie zu Bachir, wenn du es tust, wirst du wünschen, du hättest es nicht getan.

Jemand hustete. Sie blickten auf und sahen, wie Abdeslam in der Tür stand und sie ansah.

Was ist los? wollte er wissen. Warum steht ihr beide so da?

Wir reden nur, sagte Aouicha. Aber sie fragte sich, wann er aufgewacht war und wieviel er gehört hatte.

Können wir nicht Tee trinken, Aouicha?

Natürlich, Abdeslam.

Bachir war verärgert. Er hatte gehofft, daß Abdeslam noch eine Weile schlafen würde. Du hast doch zwei Hände, sagte er zu ihm. Mach ihn dir selbst, wenn du Tee willst. Aouicha und ich haben zu reden.

Ihr seid alle gegen mich, sagte Abdeslam. Ihr wollt nie, was ich will.

Warum sollten wir auch? sagte Bachir. Was geht es uns an, was du willst. Du bist noch ein Kind. Warum sollte dich jemand bedienen? Bist du krank?

Nein, aber ich bin müde. Ich muß hart arbeiten im Café.

Bachir brach in Gelächter aus. Du glaubst, du hast ein schweres Leben? Hier? Du solltest mein Leben kennen. Dann wüßtest du, wie es auf der Welt zugeht. Mein Vater starb, als ich fünf war. Nur mehr meine Mutter und mein Bruder und ich. Dann starb sie, als ich zwölf war, und wir Jungen waren allein im Haus. Und dann starb auch er. Ich habe viel Schlimmeres durchgemacht als du.

Abdeslam kochte sich seinen Tee. Das ist unmöglich, sagte er. Dein Vater war tot. Meiner war am Leben, und er hat mich hinausgeworfen.

Ich weiß, aber zumindest hast du zuerst studiert. Du kannst Arabisch lesen, und ich kann überhaupt nicht lesen. Was für Möglichkeiten habe ich jemals gehabt?

Du hättest ohnehin nie etwas gelernt, sagte Abdeslam. So ein Mensch bist du.

Als Abdeslam den Tee gemacht hatte, setzte er sich mit seiner Kifpfeife auf den Diwan und rauchte, während er trank. Dann stellte er sich vor, er sei der Kapitän eines Schiffes. Die Mannschaft hatte gemeutert, und er stand allein hoch oben auf der Brücke und bot ihnen allen die Stirn, während das Schiff über das Meer glitt. Wenn er am Abend Kif rauchte, gab ihm der Kif das Gefühl, jemand anderer zu sein und ein anderes Leben zu leben.

Später, nachdem sie gegessen hatten, stand er auf. Heute tun mir die Füße weh, sagte er. Ich bin den ganzen Tag hin- und hergelaufen und habe den Djebala Tee serviert. Wir hatten noch nie so viele Gäste.

Du solltest froh sein, sagte Bachir. So verdienst du viel.

Ich bin froh. Aber ich gehe schlafen, sagte er.

Ich glaube, ich gehe ein bißchen weg, sagte Bachir.

Willst du nicht, daß ich dir ein wenig die Füße massiere, fragte Aouicha Abdeslam.

Nein, danke, sagte er schnell. Geh lieber auch, wenn Bachir geht. Ich bin müde.

Ich komme morgen gleich nach der Arbeit, sagte sie.

Er wandte sich zu ihr. Aouicha, immer kommst du hierher und besuchst mich. Du hast mich noch nie eingeladen, dich zu besuchen. Ich weiß nicht einmal, wo du wohnst.

Ich kann dich nirgendwohin einladen, hier in der Stadt, sagte sie. Nur in ein kleines Zimmer, und das ist dunkel. Es würde dir nicht gefallen.

Doch. Ich würde es gern sehen.

Eines Tages werde ich dich in mein Haus einladen, und du kannst meine Mutter kennenlernen. Sie wohnt in Ain Hayani.

Das ist nicht weit, sagte Abdeslam.

Ja, aber sie hat sehr viel zu tun. Ich kann nicht jederzeit hinfahren und dich mitnehmen.

Ich möchte sehen, wo du in der Medina wohnst, sagte er beharrlich.

Irgendwann vielleicht, sagte sie. Dann hatte er den Eindruck, sie sehe Bachir an, und Bachir blickte zurück, als ob es ein Geheimnis zwischen ihnen gebe.

Irgendwann! Irgendwann, sagte er zu Aouicha. Ich weiß, was das bedeutet. Das sagt man, wenn man niemals meint.

Er blickte zu Boden. Ihr seid alle gegen mich, das ist alles.

Du bist verrückt, sagte Bachir.

Ich gehe schlafen. Gute Nacht.

24

Eines Morgens kurz nach dem Aufwachen waren Abdeslams Füße ganz wund. Sie hatten schon einige Tage geschmerzt, aber nicht so sehr, daß er sich Sorgen gemacht hätte. An diesem Tag taten sie sehr weh. Er ging zur Arbeit ins Café. Si Mokhtar sah, daß er bei der Arbeit humpelte. Was ist mit dir passiert? sagte er.

Ich habe Schmerzen in den Füßen.

Warum hast du Schmerzen in den Füßen?

Weiß ich nicht.

Er arbeitete den ganzen Tag, so gut er konnte. Der nächste Tag war noch härter. Gegen Nachmittag konnte er nicht stehen, ohne sich an die Wand zu lehnen. Er bat seine Gäste, Si Mokhtar aus seinem Haus in der Casbah zu holen. Als Si Mokhtar kam, schickte er Abdeslam nach Hause.

Abdeslam legte sich ins Bett. Bachir kam von der Arbeit und sah ihn dort liegen. Was ist denn jetzt los? sagte er.

Die Füße tun mir weh.

Bachir zog die Decken weg und sah sich die Füße an. Sie sind geschwollen, sagte er.

Das ist nicht das erste Mal, sagte Abdeslam. Als ich klein war, ging ich immer barfuß.

Sie sind auch ganz rot, sagte Bachir.

Es klopfte an die Tür. Es war Aouicha. Sie kam herein und blickte sich um. Wo ist Abdeslam? fragte sie.

Da drinnen, im Bett. Er ist krank.

Sie gingen in Abdeslams Zimmer. Wir werden deine Füße in heißem Wasser baden. Morgen ist es besser, du wirst sehen.

Sie holten einen Eimer heißes Wasser, und er setzte sich auf und tauchte seine Füße ein. Aber am Morgen waren sie noch mehr geschwollen und rot. Den ganzen Vormittag lag er im Bett, bis Aouicha endlich kam.

Wie geht es dir?

Schlechter.

Ich weiß nicht, was ich für dich tun soll, sagte sie.

Du kannst gar nichts tun. Sie tun eben weh. Sie tun sehr weh.

Willst du kein Frühstück?

Ich will nur, daß meine Füße nicht mehr weh tun. Er zog sich das Leintuch über den Kopf und weinte.

Aouicha sah ihn eine Weile an und begann auch zu weinen. Ich wünschte, ich hätte statt dir die Schmerzen.

Das ist unmöglich, sagte er.

Gegen fünf Uhr nachmittags begann die Haut an seinen Füßen aufzuspringen, und Wasser trat aus. Als Bachir nach Hause kam und ihn sah, sagte er: Ich hole meinen Cousin, der im Englischen Krankenhaus arbeitet. Er wird wissen, was zu tun ist.

Bachir ging weg und rief im Krankenhaus an. Es dauerte lange, bis er seinen Cousin erreichte. Als er ihn schließlich am anderen Ende der Leitung hatte, bat er ihn, am späteren Abend in seinen Mahal zu kommen und sich Abdeslams Füße anzusehen. Aber sein Cousin sagte, er müsse in der Nacht arbeiten und könne das Krankenhaus nicht verlassen.

Ich schicke ihm einen Krankenwagen, und er kann hier untersucht werden, sagte sein Cousin.

Bachir ging zurück zum Mahal und wartete. Kurz darauf kamen zwei Assistenzärzte mit einer Tragbahre. Sie legten Abdeslam darauf und trugen ihn durch die Gassen bis zum

Zoco Chico; unterwegs schauten viele Leute auf sie. Dort schoben sie ihn in den Krankenwagen und fuhren zum Krankenhaus am Marshan; Bachir und Aouicha saßen bei ihm.

Im Krankenhaus trugen sie Abdeslam in das Untersuchungszimmer und legten ihn auf einen langen Tisch. Bald darauf kam der Arzt. Er war Engländer, sprach jedoch Arabisch.

Was fehlt dem Jungen?

Bachir stand da. Er sagte: Seine Füße sind mit großen Blasen übersät, und Wasser tritt aus.

Der Arzt untersuchte seine Füße. Du bist ganz gesund, mein Junge. Es fehlt dir gar nichts.

Ich will nur, daß sie nicht mehr weh tun, sagte Abdeslam.

Ich gebe dir eine schöne Injektion, und dann stecken wir dich in ein sauberes Bett und geben dir etwas zu essen, und dann wirst du dich besser fühlen. Und du wirst schlafen, und wir werden sehen, wie es dir morgen früh geht.

Sie trugen ihn ins Bett, und eine Engländerin kam, stach ihn mit einer Nadel in den Oberschenkel und rieb danach seine Haut. Bald hatte er keine Schmerzen mehr.

Bachir stand neben dem Bett. Muß er hierbleiben? fragte er den Arzt.

Ja.

Wie lange?

Ein paar Tage. Bis die Füße ausgeheilt sind.

Wieviel wird es kosten? fragte Bachir.

Ich brauche einen Betrag von zehntausend Francs, sagte der Arzt.

Soviel habe ich nicht bei mir.

Sie können einen Teil jetzt zahlen und den Rest später bringen.

Aouicha öffnete ihre Handtasche und nahm das Geld heraus. Hier ist gleich alles, sagte sie. Der Arzt nahm die Banknoten und gab ihr eine Quittung, und Bachir und Aouicha gingen.

Abdeslam blieb im Zimmer zurück.

Fünf Betten standen da. Eines war leer. In den anderen drei Betten lagen Moslems. Sie begannen Abdeslam Fragen zu stellen. Was ist los, Junge? Warum bist du hier? Wie geht es dir?

Meine Füße, sagte er.

Einer der Männer sagte: Ich habe auch einen wehen Fuß. Bei mir sind es die Augen, sagte ein anderer. Bei mir der Magen, sagte der letzte.

Es sind nur die Fußsohlen, sagte Abdeslam. Er hörte die Wörter gern. Sie schienen sein Unglück weiter wegzurücken. Ich werde nur ein paar Tage hier sein. Der Arzt hat gesagt, es ist alles in Ordnung.

Einer der Männer blätterte in Zeitschriften, ein anderer sang zurückgelehnt ein Lied, und der dritte spielte Karten. Abdeslam sah sich im Zimmer um. Neben jedem Bett stand ein kleiner Tisch und auf jedem Tisch ein Krug Wasser mit einem Glas, und ein Handtuch hing seitlich an einem Halter.

An der Wand hingen zwei Bilder, die den Messias des Krankenhauses zeigten. Er trug einen Burnus aus der Sahara über der Schulter und einen Berberturban auf dem Kopf. Unter jedem Bild standen Worte in arabischer Schrift.

Das ist merkwürdig, dachte Abdeslam, als er sie las. So viele Wörter waren über Allah geschrieben und nicht eines über Mohammed. Aber diese Leute sind Messihiyine. Sie lachen über Allah und wollen, daß jeder wie sie ist und tut, was sie tun.

Aha, du schaust dir die Bilder an, sagte einer der Männer. Was hältst du von ihnen?

Ganz nett.

Kannst du Arabisch lesen? fragte er Abdeslam.

Ja.

Und was steht darunter?

Abdeslam begann alle Wörter laut zu lesen. Als er damit fertig war, fragte er die anderen: Habt ihr etwas verstanden?

Ja, sagten sie und klangen nicht ganz sicher. Einiges davon. Nicht alles.

Ihr versteht die Worte über Allah, sagte Abdeslam. Und die Worte, die ihr nicht verstanden habt, waren die Worte Satans. Hat es denn einen solchen Messias je gegeben?

Er hat recht. Das ist wahr, sagten die Männer. Im Koran steht, es gab ihn nie und wird ihn auch nie geben.

Die Tür ging auf, und der Arzt kam herein. Er begann mit Abdeslam zu sprechen. Jetzt, wo du bei uns bist, werden wir deine Füße pflegen, und morgen werden dich die Schwestern ins Freie bringen, damit du im Garten sitzen kannst. Und bald bist du wieder gesund und kräftig.

Incha' Allah, sagte Abdeslam. Wenn ich dann noch lebe.

Ach, so etwas sagt man nicht. Also, du siehst mir wie ein Junge aus, der Allah sehr liebt. Der Arzt zwinkerte ihm zu.

Natürlich liebe ich Allah. Wie kann jemand Allah nicht lieben?

Und Menschen, die Allah lieben, wollen leben, sagte der Arzt. In unserem Krankenhaus wollen wir nichts über das Sterben hören. Jetzt wirst du etwas essen und dann schlafen.

Abdeslam lag da und dachte daran, daß Aouicha sein Krankenbett bezahlt hatte. Er war sich jedoch nicht sicher, was er ihr gegenüber fühlte, weil er sie nicht verstand. Sie war zu Bachir weiter freundlich gewesen, nachdem Bachir sie vor seinen Freunden eine Dirne genannt hatte. Das kam ihm sehr seltsam vor.

Eine Krankenschwester brachte das Abendessen. Es wurde in Aluminiumgeschirr serviert. Abdeslam war verblüfft. Wie im Gefängnis! rief er aus. Die Männer lachten. Das Essen hatte keinen Geschmack. Sie aßen braune Bohnen und kalten gebratenen Fisch und Salat. Danach gab es Bananen in Scheiben, und dann Kaffee.

Abdeslam ärgerte sich, weil Bachir ihn nicht Kif und Pfeife hatte mitnehmen lassen. Einer der Männer bot ihm schließlich eine Zigarette aus schwarzem Tabak an. Nachdem er sie geraucht hatte, wünschte er den anderen eine gute Nacht und legte sich schlafen.

Am Morgen, vor dem Frühstück, kam der Arzt. Ich wünsche allen einen guten Morgen, sagte er. Und alle sagten: Guten Morgen.

Habt ihr vergessen? So sagen wir im Krankenhaus nicht guten Morgen. Hier sagen wir: Guten Morgen, und einen guten Morgen dem Messias.

Da sagten die Männer: Guten Morgen, und einen guten Morgen dem Messias.

Und du, Abdeslam? Ich habe nicht gehört, daß du etwas gesagt hast. Aber vielleicht ist deine Stimme so leise, daß man sie überhört.

Wie kann ich zu jemandem guten Morgen sagen, den ich nicht einmal sehe?

Du bist ein Dickkopf, Abdeslam. Aber das wird sich ändern, sagte der Arzt. Jetzt werde ich euch allen eine Geschichte erzählen. Es war einmal ein Mann, der sein Augenlicht verloren hatte. Er war blind. Dieser arme Mann kam hierher ins Krankenhaus, und wir untersuchten seine Augen. Sie waren gesund, aber er konnte nichts sehen. Wir erklärten ihm, daß wir ihn nicht operieren würden. Wir würden ihm nur Tropfen und ein Buch über den Messias geben. Wir gaben ihm beides, und er nahm es mit nach Hause. Jeden Abend nahm er die Tropfen, und dann legte er das Buch unter sein Kissen und schlief ein. Eines Nachts träumte er, daß ein weißgekleideter Mann auf ihn zukomme und ihm die Hände auf die Augen lege. Und am Morgen konnte er alles sehen und sagte: Dank sei Allah, und Dank sei dem Messias, die mir mein Augenlicht wiedergegeben haben.

Als Abdeslam das hörte, sagte er: Aber Herr Doktor, wenn es auf der Welt Menschen gäbe, die ihre Hände auf die Augen von Blinden legen und sie sehend machen könnten, dann würden sie das tun und sie heilen, und es gäbe keine Blinden mehr. Und die Straßen sind voll von Blinden.

Es gibt nur einen, der das kann, Abdeslam, und das ist der Messias.

Aber kein Moslem kann verstehen, wer der Messias ist! rief Abdeslam. Die Moslems kennen nur Mohammed und die Nbia. Sonst verstehen wir nichts. Wir wissen, wenn jemand krank ist und wieder gesund wird, dann ist es nicht der Arzt, der ihn rettet. Es ist Allah. Der Arzt hilft nur dabei. Und wenn Allah jemandem eine Krankheit senden will, die kein Arzt heilen kann, dann kann niemand etwas dagegen tun.

Das stimmt natürlich, sagte der Arzt. Also wirklich, mir scheint, für einen kleinen Jungen hast du sehr viel zu sagen. Er warf Abdeslam einen raschen Blick zu und ging aus dem Zimmer. Ein wenig später kam eine Krankenschwester und gab ihm eine Injektion. Mit einem anderen Medikament behandelte sie seine Füße. Schließlich brachten sie das Frühstück.

Nachdem die vier gegessen und die Schwester das Geschirr weggetragen hatte, kam die Frau des Arztes und begann bei jedem Herz und Lunge abzuhören. Sie setzte sich auf jedes Bett und horchte jeden Mann ab. Dann kam sie zu Abdeslam und sagte, er solle sein Pyjamaoberteil ausziehen. Und sie klopfte ihn ab und horchte und sagte, er solle sich umdrehen, und klopfte und horchte seinen Rücken ab.

Der Arzt hat gesagt, mir fehlt gar nichts, sagte er zu ihr. Ich mußte herkommen, weil ich dort, wo ich wohne, ganz allein bin.

Was? rief sie. Wohnst du nicht bei deiner Familie?

Nein.

Aber warum das?

Er erklärte es ihr. Dann sagte er: Ich möchte meine Sprache und meine Religion studieren, das ist alles.

Natürlich. Jeder sollte die Dinge studieren, die er mag, sagte sie. Aber du solltest bei deinen Eltern wohnen. Gehst du nicht manchmal nach Hause und besuchst sie?

Nein! Nie. Ich kann nicht.

Du armer Junge. Du tust mir so leid. Leg dich jetzt zurück und ruh dich aus. Ich muß gehen.

Ein wenig später kam Aouicha, um ihn zu besuchen. Sie setzte sich auf einen Stuhl am Bettende. Noch bevor sie irgend etwas sagen konnte, fragte er sie: Hast du Kif mitgebracht?

Du kannst doch im Krankenhaus keinen Kif rauchen, flüsterte sie.

Ich brauche unbedingt etwas Kif.

Ich habe dir sechs Päckchen Zigaretten mitgebracht. Schau! sagte sie. Sie zog sie aus der Tasche. Dann nahm sie zwei Dosen Ananas, zwei Tafeln Schokolade und zwei Zündholzschachteln heraus. Während sie dasaß und mit Abdeslam redete, kam Si Mokhtar herein. Er ging zum Bett, küßte Abdeslam auf die Stirn und setzte sich ganz traurig hin.

Was ist los, Si Mokhtar?

Es betrübt mich, dich krank zu sehen, das ist alles. Ich hoffe, Allah wird dich gesund machen und dir ein langes Leben schenken, mein Sohn.

Danke, Si Mokhtar.

Die Männer in den anderen Betten hörten zu. Der Arzt kam herein. Abdeslam, sagte er.

Was ist, Herr Doktor?

Ich würde gern wissen, was dich so dickköpfig und undankbar macht. Du scheinst nichts von dem zu verstehen, was man dir sagt.

Aber was soll ich denn verstehen? fragte Abdeslam.

Genau das meine ich, sagte der Arzt. Du weißt nicht einmal das.

Ich will nicht, daß Sie wütend sind, sagte Abdeslam zum Arzt. Aber wenn Sie wütend werden, dann werde ich auch wütend. Weil ich in dieses Krankenhaus gekommen bin, um mich auszuruhen und gesund zu werden. Und es kostet Geld, hier zu sein. Ich bin hier, und ich möchte gesund werden, das ist alles. Ich bin ein Moslem. Deshalb bin ich dickköpfig und verstehe nichts von dem, was man mir sagt. Moslems sind dumm.

Ich habe nichts über Moslems gesagt! Ich spreche nie über den Islam, sagte der Arzt. Ich weiß nichts darüber.

Niemand kann irgend etwas über den Islam wissen, sagte Abdeslam. Allah kann im nächsten Augenblick jeden von uns töten, wenn er will. Aber er kommt nicht in die Stadt herunter und geht auf der Suche nach Blinden durch die Straßen, damit er ihnen die Hände auf die Augen legen und sie sehend machen kann. Wie dieser Blinde, von dem Sie gesprochen haben, der das Buch unter sein Kissen gelegt hat. Wer soll eine solche Geschichte glauben?

Ich glaube sie, sagte der Arzt wütend. Der Mann war ein Cherif.

Ein Cherif?

Ja, so ist es.

Das hat nichts zu bedeuten. Ich bin auch ein Cherif.

Du?

Natürlich. Mein Vater und meine Mutter sind Chorfa.

Das ist aber schön, sagte der Arzt.

Eine alte englische Krankenschwester kam ins Zimmer. Der Arzt nahm ihren Arm und führte sie zu Abdeslams Bett.

Der Junge da, sagte er. Sie sollten hören, wie er redet.

Ich habe ihn gehört, sagte sie. Sie müssen Geduld mit ihm haben. Ich glaube, im Innersten ist er ein sehr guter Junge.

Sie blickte Abdeslam an und lächelte.

Ja, da bin ich mir sicher, sagte der Arzt.

Aouicha und Si Mokhtar standen auf. Sie verabschiedeten sich und gingen zurück in die Medina. Das war das einzige Mal, daß ihn jemand besuchte. Er blieb noch vier Tage im Krankenhaus.

Am Tag, bevor er entlassen wurde, ließ man ihn aufstehen. Er humpelte noch, aber er konnte viel besser gehen als vorher. Als der Nachmittag kam, an dem er entlassen wurde, verabschiedete er sich von allen Ärzten und Schwestern.

Der Arzt war im Warteraum und las den Leuten, die zu ihm wollten, aus seinem Messias-Buch vor. Die Schwestern schickten Abdeslam dorthin; er mußte warten, denn er brauchte vom Arzt eine Bestätigung, bevor er nach Hause gehen konnte.

Er wartete und wartete, und langsam wurde ihm kalt.

Der Arzt sagte zu den Leuten: Wir sind aus einem bestimmten Grund hier in diesem Krankenhaus. Um Menschen von ihrer Krankheit zu heilen. Aber alle Medikamente, die wir den Kranken geben, sind nur von Nutzen, weil uns jemand hilft. Und wer ist dieser Mann, der uns in jedem Augenblick des Tages beisteht, der immer an unserer Seite ist, wenn wir die Menschen von ihrer Krankheit heilen? Keiner kann ihn sehen, aber wir wissen, daß dieser Mann der Messias ist.

Und auf diese Weise fuhr er fort. Abdeslam war es leid zu warten. Schließlich hob er die Hand, als ob er wieder in der Schule wäre. Darf ich etwas sagen, Herr Doktor?

Der Arzt sah nicht sehr erfreut aus, aber er sagte: Ja, das darfst du. Was ist es denn?

Sie sind Arzt.

Ja.

Und Sie heilen die Menschen, die krank sind. Und Sie sagen, jemand hilft Ihnen. Ich kann Ihnen sagen, wer Ihnen hilft. Es ist Allah.

Die anderen Moslems, die wartend dasaßen, nickten zustimmend.

Es ist Allah, und jeder weiß, daß es Allah ist. Die Menschen kommen hierher, um gesund zu werden. Wenn sie kommen, dann merken sie, daß sie Ihnen zuerst zuhören müssen, und deshalb sagen sie ja. Aber wenn sie dann gesund sind, wissen sie, daß der Messias nichts damit zu tun hat. Nur sehr einfältige Leute aus den Bergen würden je glauben, was Sie da sagen. Kann ich nicht bald nach Hause gehen? Ich warte schon lange.

Der Arzt sah ihn nur an. Schließlich sagte er: Ja, du kannst gehen.

Abdeslam stand auf und redete noch immer. Vielleicht Leute vom Land, aber Leute aus der Stadt, die den Koran studiert haben, niemals!

Wenn du fertig bist, Abdeslam, möchte ich dir nur sagen, daß du morgen wiederkommen mußt, um deine Medizin zu holen. Hier, nimm diesen Zettel und bring ihn mit, wenn du kommst.

Abdeslam ging zu dem Podium, auf dem der Arzt saß, und nahm den Zettel. Dann ging er mit großen Schritten durch den Gang zwischen den Bänken zur Tür.

Mach einen Ohrring aus deinem Messias, murmelte er, als er hinausging. Wenn ich gewußt hätte, daß der Messias hier wohnt, dann wäre ich nicht gekommen. Ich wäre ins Spanische Krankenhaus gegangen, wo Jesucristo wohnt. Er hat auch gute Sachen getan. Er hat Brot gemacht und Tote wieder zum Leben erweckt.

Er murmelte weiter, als er die Treppe hinunter und durch den Garten ging. Und er blickte sich um, um zu sehen, ob ihm jemand folgte, aber da war niemand. Es wartete auch beim Tor niemand auf ihn, weil niemand wußte, daß er an diesem Tag das Krankenhaus verließ. Er humpelte die breite Straße hinunter in Richtung Medina.

25

Abdeslam war so müde, als er zurück zum Mahal kam, daß er sich auf sein Bett legte und etwa eine Stunde schlief. Als er aufwachte, suchte er seine Kifpfeife. Er fand sie im mittleren Zimmer auf einem Regal neben seiner Kifdose, und in der Dose war immer noch Kif vom letzten Mal. Er setzte sich auf den Diwan und begann zu rauchen. Es war schon so lange her, daß er geraucht hatte, daß ihm die ersten fünf, sechs

Pfeifen sofort zu Kopf stiegen, und das führte dazu, daß er über sein Leben nachdachte. Er hatte das Gefühl, wenn die Leute nur wüßten, wie schlimm sein Leben war, würde irgend jemand von irgendwoher kommen und ihm helfen. Er sagte sich, daß es unmöglich für sie wäre zu wissen, wie er lebte, und ihn dann zu vergessen.

Nach einer Weile, als es schon dunkel wurde, stand er auf und ging in sein Zimmer. Er war vom Kif ganz benommen, und in seinem Hinterkopf toste es wie das Meer. Er wollte sich auf dem Bett ausstrecken.

Als er so dalag und zur Decke blickte, die Hände über der Brust gefaltet wie ein Toter, verlor er jedes Gefühl für das Vergehen der Zeit und vergaß, wo er war. Die Lampe in dem Zimmer war sehr schwach. Sie flackerte. Er sah, wie die Schatten sich in einer finsteren Ecke des Zimmers auf- und abbewegten, und es schien ihm, daß die Gestalt eines Mannes sich immer deutlicher von der Wand abzeichnete. Er konnte seinen Blick nicht davon abwenden, sein Herz schlug sehr schnell. Und da stand ein Mann, ganz in Schwarz gekleidet, mit einem schwarzen Umhang und einem schwarzen Turban und einem schwarzen Schleier über dem unteren Teil seines Gesichts. Seine Augen waren sehr groß und dunkel, und als Abdeslam hineinstarrte, sah er tief in ihrem Inneren ein Feuer.

Der Mann begann sich ihm zu nähern, bis er schließlich neben dem Bett stand. Langsam zog er ein schwarzes Tuch hervor, schwenkte es über Abdeslams Kopf und besprengte dabei sein Gesicht und seinen Hals mit Wassertropfen, die kalt waren wie Eis. Dann begann er wieder zurückzuweichen, und Abdeslam mußte aufstehen und ihm nachgehen. Der Mann ging rückwärts durch das mittlere Zimmer und in Bachirs Zimmer. Dann erhob er sich in die Luft, schwebte rückwärts über Bachirs Bett hinweg und wurde von der Wand über dem Kopfpolster eingesaugt.

In diesem Augenblick merkte Abdeslam, daß auch er auf

Bachirs Bett zuschwebte, und dann sah er, daß er darin lag. Und zwei ganz kleine Kinder in Djellabas kamen herein und stellten sich neben das Bett. Als er sie ansah, konnte er weder ihre Füße noch ihre Hände oder ihre Gesichter erkennen – nur ihre Djellabas. Beide stiegen auf das Bett und setzten sich an den Rand, und sie begannen miteinander zu reden. Ihre Stimmen waren vollkommen gleich, so daß es wie eine Stimme klang, aber er konnte nicht verstehen, was sie sagten. Gleich darauf sprangen sie wieder auf den Boden und standen steif neben dem oberen Ende des Bettes, und dann lösten sie sich mit einem Knall in Luft auf.

Abdeslam öffnete die Augen und merkte, daß er gar nicht in Bachirs Bett lag, sondern in seinem eigenen. Er seufzte tief und fühlte sich besser. Dann hörte er ein Klopfen an der Tür. Tak, tak, tak, tak, tak. Er sprang auf und lief hin, um Bachir hereinzulassen.

Wie spät ist es? fragte Abdeslam.

Halb sieben.

Seit drei Stunden sitze ich hier und bin schon fast verrückt, sagte Abdeslam. Ich habe mit eigenen Augen Dinge gesehen, die ich noch nie gesehen habe.

Bachir stellte eine volle Flasche Wein auf den Taifor und setzte sich. Was für Dinge? sagte er und schenkte sich ein Glas ein.

Abdeslam setzte sich ihm gegenüber und zündete seine Kifpfeife an. Ich bin nur so dagesessen, sagte er. Und mein Gehirn begann ganz von allein zu arbeiten wie eine Maschine. Dann wurde ich müde vom Denken und legte mich auf mein Bett. Und dann passierte etwas Schlimmes.

Er erzählte ihm von dem Mann, der aus der Ecke gekommen war, und wie er ihm in Bachirs Zimmer gefolgt war und ihn in der Wand verschwinden gesehen hatte.

Das kommt vom Kif, den du rauchst, sagte Bachir und schüttelte den Kopf.

Ich verstehe das mit dem Mann nicht, sagte Abdeslam

nachdenklich. Aber ich glaube, die beiden kleinen Jungen waren Engel. Sie kamen, um mir etwas zu sagen, nur konnte ich es nicht verstehen.

Bachir knallte das Weinglas auf den Taifor. Ich sage dir, Abdeslam, der Kif wird in dein Gehirn gelangen. Er wird deine Gesundheit ruinieren und dich am Ende noch umbringen.

Ich habe sie noch gesehen, als du an die Tür geklopft hast, fuhr Abdeslam fort.

Hör zu, sagte Bachir. Vom Kif bekommt man Angst. Deshalb hast du geglaubt, du siehst das alles.

Nein, Bachir. Diese beiden Engel sind verschwunden, als du geklopft hast, weil du diese Flasche Wein bei dir hattest. Sie haben gewußt, daß ein Nazarener kommt, und deshalb sind sie weggegangen. Sie wollten nicht mit einem Ungläubigen im gleichen Haus sein.

Bachir lachte und hielt Abdeslam das Glas hin. Hier, nimm einen Schluck, sagte er. Du hast ihn nötig.

Abdeslam achtete nicht auf ihn. Kif macht dich nicht verrückt und bringt dich nicht um. Nur Allah kann das. Du weißt nichts, Bachir. Warum machst du überhaupt den Mund auf?

Bachir sah ihn an. Wir beide sind jetzt allein hier, du kleiner Balg. Am liebsten würde ich dir das Genick brechen.

Es ist der Wein, der aus dir spricht, nicht du, sagte Abdeslam. Du kannst nichts dafür. Das macht der Alkohol mit einem Menschen. Er beschimpft alle, fällt auf der Straße um, zerbricht alles, übergibt sich überall, läßt sich die Nase einschlagen und kommt ins Gefängnis. Das ist das Leben eines Moslems, der trinkt.

Bachir lachte. Und Kif zerstört die Gesundheit nicht?

Nein. Der Kif macht einen ruhig. Man will weder raufen noch streiten. Vielleicht will man nur dasitzen und Musik hören oder zusehen, wie die Wolken vorbeiziehen, oder einfach nachdenken.

Du bist verrückt, sagte Bachir. Ich habe mehr Kif geraucht, als du je gesehen hast, und bei mir ist es nie so gewesen. Niemand raucht Kif außer denen, die tausend Jahre zurück sind.

Abdeslam deutete mit dem Finger auf Bachir. Du bist neunundzwanzig, und ich bin dreizehn. Wie kannst du mich ansehen und sagen, ich soll trinken? Glaubst du, ein erwachsener Moslem sollte einem jungen Moslem immer wieder sagen, daß er trinken soll? Deshalb sage ich, es wäre besser, wenn du nichts reden würdest.

Ich werde dir keinen Wein mehr anbieten, sagte Bachir. Und auch kein Bier und keinen Schnaps. Bist du nun zufrieden?

Das wäre viel besser, sagte Abdeslam.

Aouicha kam ein wenig später, und sie aßen. Dann lehnten sie sich zurück, um Tee zu trinken, und Aouicha begann zu jammern.

Ich weiß nicht, warum ich Tag für Tag so traurig bin, sagte sie. Ich weiß nicht, was mit mir los ist.

Nichts ist los mit dir. Du bist nur nervös, sagte Bachir.

Vielleicht hast du etwas Böses getan, sagte Abdeslam. Ist es das?

Aouicha lachte. Nein.

Versuch dich zu erinnern, sagte er.

Einen Augenblick schwieg sie. Nein. Ich habe nichts getan, sagte sie.

Das ist unmöglich! Wenn du in deinem Leben nichts Böses getan hast, dann kannst du nicht traurig sein.

Sie sah ihn erstaunt an. Ich vermute, das stimmt, sagte sie.

Natürlich stimmt es. Erzähl mir von etwas Bösem, das du einmal getan hast. Bitte.

Es ist nicht wichtig, sagte Aouicha. Aber ich erinnere mich, daß ich als Mädchen einmal mit vielen anderen Mädchen aufs Land gefahren bin, und eine von ihnen war viel stärker als ich und schubste mich dauernd herum und schrie mich an. Und später ließ ich sie alle spielen und ging allein weg, und ich fand einen großen Steinhaufen, den die Arbeiter neben der Straße liegengelassen hatten. Ich war wütend und trat gegen den Haufen, so daß die Steine herabrollten. Und plötzlich kam eine große Schlange hervor, und ich lief weg. Ich wartete eine Weile und ging dann zum Steinhaufen zurück. Die Schlange war fort, aber unter dem Stein, wo sie gewesen war, fand ich zehn kleine Eier. Und ich nahm sie, steckte sie in die Tasche und hielt die Hand darüber. Und als wir essen wollten, versteckte ich mich hinter einem Gebüsch, schlug alle Eier auf und verrührte sie in der Schüssel, und dann goß ich Suppe darüber und rührte alles um und gab es dem Mädchen, das ich nicht mochte. Und sie trank es. Als wir wieder in der Stadt waren, hatte sie schreckliche Magenschmerzen. Und als sie am nächsten Morgen aufwachte, war ihr Bauch ganz aufgebläht. Ich ging zu ihrem Haus, um sie zu besuchen, und sie lag im Bett. Ich fragte sie, was ihr fehle, und sie sagte, sie wisse es nicht, aber sie fühle sich sehr benommen und sie könne nur sehr schwer sprechen. Sie sagte, ihre Zunge würde sich nicht bewegen. Es war schwer, sie zu verstehen. Sie sagte, sie könne nicht sagen, ob sie liege oder stehe. Sie hatte nicht einmal das Gefühl, wirklich dazusein. Und sie schwitzte und sagte, ihr wäre kalt. Ihre Stimme war anders, als sie vorher gewesen war. Nach einer Weile konnte ich kaum glauben, daß es dasselbe Mädchen war, sie hatte sich so verändert, und ich begann zu weinen. Sie griff nach meiner Hand und weinte auch. Und sie lächelte mich an und sagte: Es tut mir leid, daß ich gestern so gemein zu dir war.

Aouicha machte eine Pause. Ich stand auf und ging hinaus. Ich konnte nicht mehr bei ihr sitzen. Am nächsten Tag sagte man mir, daß sie tot sei. Ich wollte ihr unbedingt die Wahrheit sagen und sie um Vergebung bitten. Aber sie war tot.

Sie hörte auf zu reden. Dann sagte Abdeslam: Siehst du? Ich habe recht gehabt. Du hast etwas Furchtbares getan. Entschuldige mich bitte einen Augenblick.

Er stand auf und ging in sein Zimmer. Dort nahm er den

Koran und setzte sich auf das Bett, um eine bestimmte Stelle zu suchen. Als er sie fand, ging er mit dem offenen Buch in der Hand ins andere Zimmer zurück.

Ich habe gefunden, was ich suchte, sagte er zu ihnen. Da steht, daß Allah jemandem, der ein Verbrechen begeht, vergeben kann, aber nur, wenn dieser Mensch hinterher so lebt, wie er sollte. Allah liebt die Menschen, weil sie sein Werk sind. Er spielt gern mit ihnen und beobachtet, was sie tun, und darum läßt er sie weiterleben und vergibt ihnen, während sie leben. Dann bestraft er sie, wenn sie gestorben sind. Wenn er dich also jetzt nicht bestraft, dann wird er es später tun. Das ist alles.

Ich weiß. Es ist schrecklich, daß ich das getan habe, sagte sie. Aber ich glaube nicht, daß ich deswegen so oft traurig bin. Ich wache einfach unruhig und traurig auf. Manchmal kann ich nicht einmal schlafen, weil ich Angst habe, daß ich dann vor meinen eigenen Augen furchtbare Dinge sehe.

Abdeslam wollte etwas sagen, aber Bachir, der schon sehr betrunken war, begann zu singen. Ja! Du hast ein Mädchen umgebracht. Aber ich werde alle umbringen! Alle!

Aouicha achtete nicht auf ihn. Natürlich, sagte sie, daß ich dem Mädchen das angetan habe, ist schon lange her; du warst noch nicht geboren, glaube ich.

Sie redete weiter. Ein paar Minuten später kippte Bachir um und schlug mit dem Kopf auf dem Diwan auf. Eine Flasche fiel um, und der ganze Wein lief auf die Matte. Bachir lag mit dem Kopf auf dem Diwan und dem Hinterteil im See aus Wein. Sie versuchten ihn wach zu rütteln, aber er hörte nicht, daß sie mit ihm sprachen, und fühlte nicht, daß sie an ihm zerrten.

Abdeslam ließ Aouicha hinaus und verriegelte hinter ihr die Tür.

26

Am nächsten Tag hatte Abdeslam im Café sehr viel zu tun. Am Nachmittag kam ein betrunkener, bärtiger Amerikaner herein, bestellte ein Glas schwarzen Kaffee, und als er es getrunken hatte, wollte er drei Peseten statt drei Peseten fünfzig dafür bezahlen. Abdeslam sagte ihm, es koste immer schon drei fünfzig, aber er glaubte es nicht. Einige andere Gäste warfen den Amerikaner schließlich hinaus.

Si Mokhtar kam, zählte das Geld und gab Abdeslam seinen Anteil.

Danke, Si Mokhtar, sagte er. Ich habe viel nachgedacht, und ich möchte dich um einen Gefallen bitten.

Und der wäre? sagte Si Mokhtar.

Ich habe daran gedacht, daß es auf der Welt zwei Arten von Menschen gibt, Tagmenschen und Nachtmenschen, und sie sind verschieden. Ich will nicht mehr ständig Tagmenschen sehen. Ich möchte die anderen sehen. Ich möchte hier eine Zeitlang in der Nacht arbeiten, wenn du es erlaubst.

Nein, nein! Auf keinen Fall! In der Nacht ist die Arbeit im Café sehr hart, sagte Si Mokhtar. Dafür bist du nicht alt genug. Um zwei oder drei Uhr nachts kommen manchmal eine Menge Betrunkene und machen schreckliche Schwierigkeiten. Du würdest mit ihnen nicht fertig werden.

Aber du könntest doch ein paar Nächte mit mir hiersein und es mir zeigen, und dann könnte ich allein dableiben.

Nein, nein. Ich könnte dich nachts nicht allein hierlassen.

Aber warum denn nicht, Si Mokhtar?

Ich kann es einfach nicht zulassen. Ich würde mir zu große Sorgen machen, und dann würde bestimmt etwas passieren. Nein, nein, nein!

Abdeslam war wütend. Er verabschiedete sich und ging.

Niemand war im Mahal. Er setzte sich und rauchte ein paar Pfeifen Kif.

Kurz darauf kam Bachir. Oh, du bist schon da, sagte er.

Was gibt es heute zum Abendessen? sagte Abdeslam.

Kifta, Erbsen und Eier, sagte Bachir. Und Wein.

Ayayay! Wein, Essen und Huren. Das ist dein Leben. Abdeslam sah Bachir voller Abscheu an.

Hör zu, Abdeslam, in den letzten paar Tagen gehst du mir wieder auf die Nerven, sagte Bachir. Du bist kein Fqih. Du bist nur ein Junge wie alle anderen, und du kannst nicht herumlaufen und anderen Leuten sagen, was sie zu tun haben und was nicht.

Das ist nicht wahr, sagte Abdeslam. Ich bin nicht wie alle anderen. Du hast keine Ahnung! Selbst wenn ich dreißig werden sollte, werde ich doch niemals wie alle anderen sein, weil ich eben anders bin.

Bachir lachte.

Bin ich wirklich! beteuerte Abdeslam. Meine Mutter trug mich nur sieben Monate anstatt neun Monate in ihrem Bauch. Und bei meiner Geburt war ich von einem Sack umgeben. Und ich mußte in einer Schachtel voll Watte im Krankenhaus bleiben. Und als sie mich nach Hause zu meiner Mutter schickten, wog ich nur drei Kilo. Und die ganze Familie und alle Nachbarn sagten: Dieses Baby wird nie leben, und wenn, dann wird etwas nicht stimmen mit ihm. Aber ich lebe noch immer, und mein Hirn funktioniert genauso rasch wie jedes andere. Ich werde nur leicht nervös.

Irgendwann in nächster Zeit werde ich deine Kifpfeife über deinem kahlgeschorenen Schädel zerbrechen, sagte Bachir. Das wäre das Beste, was man für dich tun kann.

Ganz richtig, sagte Abdeslam. Und das Beste für dich wäre, wenn ich alle deine Flaschen zerschlagen würde. Du bist nichts als ein alter Säufer.

Bachir nahm ein Ei und warf es Abdeslam an den Kopf. Es zerbrach und rann über sein Gesicht. Das brachte Bachir zum Lachen. Für ihn war es ein Spaß, aber Abdeslam verstand ihn nicht. Er ergriff sein Teeglas und schleuderte es Bachir entgegen. Es traf die Wand.

Du verstehst keinen Spaß, sagte Bachir. So etwas, regt sich über ein Ei derart auf.

Abdeslam ging zum Ausguß und wusch sich das Gesicht.

27

Das Leben ging weiter; manchmal war es drei, vier Tage lang friedlich, manchmal gab es Streit, doch es blieb bei Worten. Wenn Bachir mit Abdeslam allein war, war er meist nüchtern und freundlich. Aber wenn Freunde kamen und er sich mit ihnen betrank, dann hatte er an Abdeslam immer etwas auszusetzen. Mehrmals versuchte Abdeslam, den Gästen zu erklären, wie die Dinge lagen. Er erzählte ihnen, daß Bachir ihn anschrie, weil er immer wollte, daß Abdeslam mit ihm schlafe und daß er jedesmal, wenn Abdeslam nein sagte, in Wut geriet. Aber wenn sie das hörten, lachten sie sehr, und er hatte den Verdacht, daß sie ihm nicht glaubten.

Eines Nachmittags machte Abdeslam einen Spaziergang durch das Viertel. Er wollte Straßen sehen, die er noch nie gesehen hatte, und so betrat er Durchgänge und Gäßchen, die keinen Ausgang hatten außer dem, durch den er hineingegangen war. Plötzlich sah er Aouicha vor sich, ganz am Ende eines langen Durchganges. Er befand sich im Dunkeln, an einer Stelle, wo die Häuser einen Tunnel bildeten, und er wußte, daß sie ihn nicht gesehen hatte. Schnell ging er in eine Seitengasse und versteckte sich in einem Toreingang. Kurz darauf ging Aouicha vorbei und verschwand um die Ecke in einer anderen engen Straße. Abdeslam lief zur Ecke und behielt sie im Auge. Ein junger Mann kam aus einem Toreingang auf der linken Seite, überquerte die Straße und schloß sich ihr an. Sie gingen rasch in ein Gebäude auf der rechten Seite, und dann sah er sie nicht mehr.

Er merkte sich das Gebäude und die Straße genau und setzte seinen Spaziergang ganz unglücklich fort. Nie war ihm der Gedanke gekommen, daß Aouicha einen Geliebten haben könnte, und er fühlte sich von ihr betrogen.

Da wohnt sie also, dachte er. Und deshalb will sie mich nicht mitnehmen.

Er begann in den Gassen der Umgebung herumzugehen, wobei der ständig nach Aouicha Ausschau hielt, aus Angst, sie könnte ihn zuerst sehen, bevor er Zeit hatte, sich zu verstecken, und erraten, warum er hier war.

Ihm schien, daß Aouicha die Veränderung in seinem Gefühl ihr gegenüber bemerkt hatte und mißtrauisch war. Sie kam nicht mehr so oft zum Mahal, und wenn sie kam, blieb sie nur kurz und ging immer, wenn Bachir kam. Abdeslam dachte darüber nach, und jeden Tag wurde er mehr verbittert. Er hatte es als selbstverständlich betrachtet, daß Aouicha ihn liebte, und der Gedanke, daß sie jeden Abend nach Hause zu dem jungen Mann gegangen war, schmerzte ihn. Am meisten wütend war er wegen der Nacht, in der Bachir auf dem Berg geblieben war und sie und Abdeslam nackt beieinander geschlafen hatten. Sie hatte mit ihm gespielt und ihn ausgelacht, weil er nichts wußte. Er war sicher, daß sie nach Hause gegangen war und es dem jungen Mann erzählt hatte und daß sie beide darüber gelacht hatten.

An einem anderen Tag sah er Aouicha, als er ziellos in ihrer Gegend herumging. Sie stand im Toreingang eines Hauses in einer Straße, die nicht weit von ihrer entfernt war. Abdeslam ging in einen Tabakladen und begann nach verschiedenen Zigarettenmarken zu fragen, von denen er wußte, daß der Mann sie nicht führte. Alle paar Sekunden ging er zur Tür und spähte hinaus. Dann sah er Bachir kommen. Als er bei Aouicha war, ging er an ihr vorüber, als hätte er sie nicht gesehen. Sie begann ihm in einiger Entfernung zu folgen, und sie gingen um die Ecke. Abdeslam wartete einen Augenblick und ging dann hinaus auf die Straße, um beide im Auge zu behalten. Sie bogen in Aouichas Straße ein. Er begann zu laufen und kam noch gerade rechtzeitig zur Ecke, um zu sehen, wie beide in das Gebäude gingen, in das sie den jungen Mann mitgenommen hatte.

Abdeslam ging nun sehr schnell und hatte keine Ahnung, wohin. Sein Herz klopfte stark, und er atmete schwer. Wenn Bachir zu Aouicha ins Zimmer ging, dann wohl nur, um mit ihr zu schlafen. Er begriff, daß Aouicha nicht einmal einen Geliebten hatte. Sie ist nur eine Straßendirne, dachte er und hatte dabei Bachirs Worte im Kopf.

Um sich zu beruhigen, ging er den ganzen Weg hinaus zum Charf und stieg zur leerstehenden Moschee auf der Anhöhe hinauf. Dort blieb er bis zum Sonnenuntergang und blickte auf die Stadt hinunter, und dann ging er nach Hause.

Als Abdeslam wieder im Mahal war, wusch er sich zuerst mit zwei Eimern kaltem Wasser. Dann zog er sich wieder an und machte sich für einen weiteren Spaziergang fertig. In letzter Minute beschloß er, doch lieber zu Hause zu bleiben. Er machte sich Tee und setzte sich, um seine Pfeife zu rauchen. Den ganzen Nachmittag hatte er an Aouicha und Bachir gedacht. Wegen des Hasses, den er gegen ihn empfand, und des Kifs in seinem Kopf begann er zu glauben, daß Bachir ihn genauso haßte. Man konnte nicht vorhersehen, wann Bachir ihn angreifen würde.

Meine einzige Chance ist: Ich muß bereit sein, ihn zuerst anzugreifen. Ich muß so lange nachdenken, bis ich eine Möglichkeit finde, etwas, womit ich es tun kann. Im Geiste suchte er nach einer kleinen Waffe, die immer griffbereit im Haus sein konnte, die Bachir aber nicht bemerken würde.

Er hat mich niedergeschlagen, dachte er. Ein Mann, der nichts wert ist. Alles, was er kann, ist im Hafen arbeiten, sich in der Küche betrinken und in die Latrine scheißen.

An diesem Abend kam Bachir mit einem Neger, der eine Guinbri bei sich hatte. Das ist Embarek, sagte er zu Abdeslam. Er wohnt hier in der Straße.

Bachir schenkte dem Mann ein Glas Schnaps ein.

Nein, danke, für mich nicht. Ich rauche nur Kif.

Abdeslam stopfte rasch seine Pfeife und reichte sie dem Neger. Nachdem der Mann geraucht hatte, stopfte er sie mit seinem Kif und gab sie Abdeslam zurück. Dann nahm er die Guinbri und begann die Saiten zu zupfen, und bald sang er Gnaoua-Lieder. Abdeslam hörte sehr aufmerksam zu, denn der Mann war ein Berufsmusiker. Als er zu singen aufhörte, sagte Abdeslam, wie sehr es ihm gefallen hatte.

Gleich darauf kam ein junger Mann. Während Bachir ihn in das mittlere Zimmer führte, stand Abdeslam auf und ging in sein Zimmer, damit er ihm nicht begegnen mußte. Auf dem Bett sitzend rauchte er ein paar Pfeifen und hörte, wie die drei Männer miteinander redeten. Dann klopfte wieder jemand, und Bachir öffnete die Tür. Abdeslam hörte Aouichas Stimme und runzelte die Stirn, weil er sie nicht sehen wollte. Schließlich wurde es ihm zu langweilig, noch länger allein dazusitzen. Er stand auf und ging zurück ins andere Zimmer.

Der Gnaoui saß noch am selben Platz, und Aouicha saß neben ihm. Auf der anderen Seite saß der junge Mann. Aouicha lachte mit den Männern und winkte Abdeslam nur zu.

Komm und setz dich her, sagte der Gnaoui zu ihm. Abdeslam stellte sich vor ihn, setzte sich aber nicht hin.

Der Gnaoui sprach mit leiser Stimme weiter. Warum wohnst du in diesem Haus? Das solltest du nicht. Du scheinst mir ein gescheiter Junge zu sein. Setz dich. Hier, neben mich.

Nein, sagte Abdeslam. Geht schon, danke.

Der Gnaoui zuckte die Achseln, nahm wieder seine Guinbri und begann zu spielen, und der junge Mann stand auf und tanzte. Bachir sah ihm eine Weile zu und sprang dann auch auf und tanzte, dem jungen Mann gegenüber. Jeder hatte ein Glas in der Hand, und sie tranken, wahrend sie tanzten. Abdeslam und der Gnaoui rauchten weiter Kif, und Aouicha saß nur da und lachte.

Bald hörte Bachir auf und zog Abdeslam beiseite. Er zeigte auf den jungen Mann, der immer noch tanzte. Der Junge heißt Mimoun. Früher hat er mich gelegentlich besucht. Er trinkt gern Schnaps.

Das geht mich nichts an, sagte Abdeslam. Er kann Schnaps oder Wein oder Wasser mit dir trinken. Das ist mir egal. Ich kenne ihn nicht. Er ist dein Freund, nicht meiner. Binatskoum.

So darfst du nicht reden.

Ich habe nichts gesagt. Ich habe nur gesagt, daß es deine Angelegenheit ist, nicht meine. Warum soll er nicht kommen und die ganze Nacht hierbleiben, wenn er will?

Mimoun hörte zu. Er kam zu ihnen hin.

Ich sehe schon, der neue Junge, den du da hast, hat noch nicht richtig reden gelernt, Bachir. Kannst du es ihm nicht beibringen?

Halt's Maul, sagte Bachir.

Ich schlage ihn schon nicht, sagte Mimoun. Er ist noch ein Baby.

Schlag mich oder schlag mich nicht, sagte Abdeslam. Wie du willst. Der Junge hat ein ungutes Wesen, sagte Bachir.

Warum fängst du immer zu streiten an, wenn deine Freunde hier sind? sagte Abdeslam. Trink deinen Schnaps und deinen Wein, und singe und tanze. Dafür bist du da.

Ja, und du bist da, um deinen Mund zu halten, sagte Mimoun. Du hast ja noch volle Hosen.

Abdeslam lachte. Plötzlich hatte er das Gefühl, ein berühmter Verbrecher zu sein, ein Verbrecher, vor dem die Leute großen Respekt haben, weil sie wissen, daß er, selbst wenn er scheinbar nichts tut, scharf beobachtet und immer auf den richtigen Augenblick wartet, um zu handeln. Er sah Mimoun an und sagte: Das wirst du mit deinem Blut bezahlen, mein Freund. Die anderen hörten es und achteten nicht darauf.

Eine Viertelstunde später, als sie wieder sangen und lachten und alle den Streit schon vergessen hatten, stand Abdeslam ruhig auf und ging aus dem Zimmer.

Wohin gehst du? fragte Aouicha.

Nur auf die Latrine, sagte er.

Er ging hinein und machte die Tür zu. Auf dem Boden lag eine leere Halbliterflasche. Er hob sie auf, füllte sie mit Wasser und drückte den Korken wieder hinein. Dann ging er zurück ins mittlere Zimmer und hielt dabei die Flasche am Hals hinter seinem Rücken. Er ging hinter Aouicha vorbei zu den anderen. Mimoun saß nach vorne gebeugt da und redete mit dem Gnaoui. Abdeslam ließ die Flasche auf seinen Kopf niedergehen. Die Flasche explodierte wie eine Bombe. Mimoun stand auf und fiel dann auf den Boden und blieb liegen.

Aouicha stieß einen Schrei aus. Alle sprangen auf. Was hast du getan? Du hast ihn umgebracht! Bist du verrückt?

Sie beugten sich über Mimoun. Ihm war nichts passiert.

Abdeslam begann zu lachen. Ich habe ihm gesagt, daß er das mit seinem Blut bezahlen wird. Seht ihr, wie das Blut aus seinem Kopf kommt? Jetzt fühle ich mich gut.

Mimoun öffnete die Augen. Du hast mich geschlagen, sagte er.

Aouicha brachte Seife, Wasser und Jod für Mimoun. Nachdem sie ihn versorgt hatten, sagte Bachir zu Abdeslam: So, und jetzt küsse Mimoun auf den Scheitel.

Abdeslam wollte nicht, aber er wußte, jeder würde gegen ihn sein, falls er sich weigerte, und so machte er es und schnitt eine Grimasse, als er die Haare auf seinen Lippen spürte. Dann befahl Bachir Mimoun, Abdeslams Scheitel zu küssen.

Jetzt seid ihr wieder Freunde, sagte er.

Mimoun blieb nicht mehr lange. Nachdem er gegangen war, sagte Abdeslam zu Bachir: Heute abend hast du etwas Neues gesehen. Du hast gesehen, was ein Junge mit einem Mann machen kann.

Ja. Ich habe gesehen, was du mit einem Freund von mir gemacht hast, sagte Bachir. Ich habe ihn in mein Haus eingeladen.

Ja, und ich weiß, warum du ihn eingeladen hast, sagte Abdeslam zu ihm. Damit er mit mir Streit anfängt und mich verprügelt und niemand dir die Schuld geben kann.

Der Kif bewirkt, daß du alles verkehrt siehst, sagte Bachir. Mit dir kann man nicht reden.

Ich tue dir nie etwas, fuhr Abdeslam fort. Wir könnten ganz gut zusammenleben, wenn du mich nur in Ruhe lassen würdest. Aber leider bist du ein Säufer. Du bist nichts wert.

Schon gut, schon gut, sagte Bachir. Ich bin nichts wert, ich bin ein Säufer, ich bin ein Verbrecher, was du willst. Aber halt den Mund! Halt endlich den Mund und geh schlafen!

Gut, sagte Abdeslam. Er stand auf, ging in sein Zimmer und verriegelte die Tür. Er setzte sich auf das Bett, legte das Kinn in die hohle Hand und dachte an die Beleidigung, die er eben von Bachir hatte einstecken müssen. Es muß etwas geben, sagte er sich, ich muß etwas finden. Ein Messer ist nicht das Richtige. Ich brauche etwas, das ich in meiner Hand verbergen kann, etwas Kleines, das nicht so aussieht, als könnte es ihn verletzen. Wenn es ihn auch nicht umbringt, so kann es sein Gesicht doch so verändern, daß er jedesmal, wenn er in den Spiegel schaut, an mich denkt. Genau das will ich.

Schießlich ging er schlafen. Aber er lag auch dann noch lange wach und überlegte, was für Bachir das Richtige wäre.

28

Am nächsten Tag ging Abdeslam früh ins Café und teilte Si Mokhtar mit, daß er tagsüber nicht mehr arbeiten würde.

Wenn ich nicht in der Nacht arbeiten kann, arbeite ich überhaupt nicht mehr, sagte er. Er sagte nicht, daß das deshalb so war, damit er in der Nacht, wenn Bachir da war, außer Haus sein konnte.

Ich habe dir gesagt, die Nächte sind schlimm. Es würde sicher etwas passieren.

Ich schaffe es, sagte Abdeslam. Nichts wird passieren.

Also gut. Wenn du sehen willst, wie es ist, kannst du dableiben und mir heute abend helfen. Dann wirst du wissen, wie schwer es ist.

Abdeslam war zufrieden. Hast du Kif für mich? sagte er. Ich habe keines.

Si Mokhtar gab ihm drei Zündholzschachteln voll, und Abdeslam ging zum Boulevard hinauf. Es war ein sonniger Tag, und viele Touristen saßen in den Cafés. Er blickte in die Schaufenster. Schließlich ging er in ein Geschäft und kaufte ein Paar schwarze Schuhe. Dann ging er durch den Zoco de Fuera hinunter zu den Buden in Bab Fahs. Da lag ein Messer, das er lange ansah. Wenn man auf einen Knopf drückte, öffnete es sich mit einem Klicken. Er kaufte es nicht, weil er nicht genug Geld hatte.

Bald ging er unter den Palmen die Avenida de España entlang. Auf der einen Seite brachen sich die Wellen am Strand, und auf der anderen saßen die Leute an den Tischen auf dem Gehsteig. Es war zu windig, um irgendwo zu sitzen und Kif zu rauchen, und so beschloß er, zurück zum Mahal zu gehen.

Er stellte die neuen Schuhe auf das Regal in seinem Zimmer, aß und hielt eine lange Siesta.

Um etwa sieben Uhr ging er ins Café. Er war sehr neugierig auf das, was passieren würde. Si Mokhtar sagte, er würde am Feuer bleiben und Tee und Kaffee machen, während Abdeslam die Gäste bediente.

Gegen Mitternacht sagte Si Mokhtar zu Abdeslam: Beobachte die vier, die eben hereingekommen sind.

Sie waren betrunken. Abdeslam ging an ihren Tisch. Als sie ihn sahen, rief einer von ihnen Si Mokhtar zu: Ich sehe, du hast jetzt einen Kellner.

Ja, sagte Abdeslam. Er hat einen Kellner. Was wünscht ihr?

Die Männer bestellten alle schwarzen Kaffee. Als Abdeslam ihn ihnen servierte, merkte er, daß zwei sehr wild aussehende Männer vor der Tür standen. Er hatte das Gefühl, daß sie da draußen etwas ausheckten.

Das sind doch echte Nachtmenschen, nicht wahr? sagte er zu Si Mokhtar.

Warte, sagte Si Mokhtar.

Eine Weile saßen sie gemeinsam am Feuer. Bald hörte man lautes Geschrei auf der Straße.

Was ist denn das? sagte Abdeslam.

Als Si Mokhtar sah, daß der Mann, der so schrie, ins Café kam, sagte er: Bleib du hier am Feuer. Ich gehe und frage, was er will.

Nein, sagte Abdeslam. Ich versuche es.

Der Mann, der hereinkam, warf zwei Stühle um und ließ sich schwer auf eine Bank fallen. Abdeslam ging zu ihm hin, ohne auf die Stühle zu achten, und sagte: Salaam aleikoum.

Da der Mann keine Antwort gab, erwiderte Abdeslam den Gruß für ihn und sagte: Aleikoum salaam.

Der Mann blickte auf und begann zu lachen. Was soll das? Du sagst salaam aleikoum und antwortest dir dann selbst!

Natürlich, sagte Abdeslam. Das mache ich immer, wenn ich mit der Wand rede.

Der Mann lachte noch lauter. Du bist ja ein Extrasüßer, sagte er zu Abdeslam.

Vielen Dank. Was möchtest du trinken?

Ich möchte eine Coca-Cola, sagte der Mann.

Als Abdeslam ihm die Flasche brachte, forderte der Mann ihn auf, noch eine zu holen und sich zu ihm zu setzen.

Sie saßen da und tranken Coca-Cola. Gleich darauf zog Abdeslam seine Pfeife heraus und bot sie dem Mann an.

Nein, ich rauche keinen Kif. Ich rauche nicht einmal Zigaretten. Ich mag nur Alkohol.

Sag mir eines. Jedesmal, wenn du zu trinken anfängst, wie fühlst du dich dann? fragte Abdeslam.

Es ist herrlich! Man vergißt die Dinge, die man haßt. Wenn alles zu schlimm wird, muß man es vergessen. Und dann ist wieder alles gut.

Natürlich, sagte Abdeslam. Denn bevor du zu trinken anfängst, denkst du an etwas Wirkliches, und es macht dich nervös, weil du weißt, daß es wirklich ist. Also betrinkst du dich, und du beginnst verkehrt herum zu denken. Dann fühlst du dich gut.

Der Mann sah ihn an, als hätte er nicht verstanden. Wieviel schulde ich dir? sagte er.

Abdeslam sagte es ihm, und er bezahlte.

Bis zum nächsten Mal, sagte er, als er aufbrach.

Darf ich dich um etwas bitten, mein Freund? sagte Abdeslam.

Was denn?

Die beiden Stühle, die du umgeworfen hast. Könntest du sie bitte aufstellen, bevor du gehst?

In Ordnung, sagte der Mann. Er stellte die beiden Stühle auf und ging hinaus.

Die vier Betrunkenen, die früher gekommen waren, hatten alle die Köpfe auf den Tisch gelegt und schliefen. Abdeslam ging zu ihnen hinüber und weckte sie auf. Entschuldigung, sagte er, euer Kaffee wird kalt.

Soll er doch kalt werden, sagte einer der Männer.

Warum trinkt ihr ihn nicht aus, bezahlt und geht nach Hause schlafen? So kann man doch nicht schlafen! Es ist nicht genug Platz. Das ist nur ein Café. Kein Hotel und keine Pension. Man bekommt hier Tee, Kaffee, Coca Cola, Orangensaft, alles mögliche. Aber hier ist kein Platz zum Schlafen.

Die Männer hoben die Köpfe. Das stimmt, sagten sie. Das ist kein Platz.

Sie tranken ihren Kaffee aus und zahlten. Dann gingen sie auf die Straße hinaus. Si Mokhtar und Abdeslam waren für den Augenblick allein im Café.

Bravo! rief Si Mokhtar. So etwas habe ich noch nie gesehen!

Wie er die Stühle zurückgestellt hat. Wenn ich ihn gefragt hätte, hätte er sie mir beide über den Schädel gehauen. Und er hat deine Coca-Cola bezahlt. Die meiste Zeit will er nicht einmal sein eigenes zahlen. Und er läßt auch nicht mit sich reden. Er dreht durch.

Ach, du kennst ihn? sagte Abdeslam.

Natürlich. Er ist ein alter Freund, von früher. Aber wenn er betrunken ist, kann ich nicht mit ihm reden.

Er hat sicher schon sehr oft für dich bezahlt, sagte Abdeslam.

O ja. Er ist ein guter Mensch.

Dann macht es doch nicht so viel aus, wenn er hie und da nicht bezahlt, oder?

Si Mokhtar lachte.

Als der Morgen kam, gab Si Mokhtar Abdeslam einhundertfünfundsechzig Peseten, und Abdeslam ging nach Hause schlafen.

29

Abdeslam wachte auf, als die Sonne gerade unterging. Als er die Tür öffnete, um sich zu waschen, sah er Bachir mit Aouicha und zwei Männern dasitzen. Er winkte ihnen zu, während er durch das Zimmer ging, aber er wünschte, das Haus wäre leer gewesen.

Während er sich wusch, machte ihm Aouicha Café con leche und zwei Spiegeleier, die er mit Brot und Butter aß. Dann setzte er sich zu den anderen und nahm ein zweites Glas Kaffee mit, um es zu trinken, während er seine Kifpfeife rauchte.

Wie ist es gestern nacht gegangen? fragte ihn Bachir.

Gestern nacht im Café gab es nicht so viele Schwierigkeiten wie vorgestern nacht hier.

Haßt du mich heute immer noch?

Was ändert das schon? fragte Abdeslam.

Der größere von Bachirs Freunden sah Abdeslam an und runzelte die Stirn. Was ist los mit dir? fragte er. Bachir hat dich nur etwas gefragt.

Abdeslam sah ihn wütend an. Bachir haßt mich. Er hat mich immer gehaßt, sagte er. Warum fragt er mich dann, ob ich ihn hasse?

Du weiß nicht, was du sagst, sagte Bachir.

Doch, das tue ich, sagte Abdeslam. Mein Vater hat mich geschlagen, und Blut ist geflossen. Und du hast das auch getan. Von ihm kann ich das Blut nicht zurückbekommen. Aber eines Tages bekomme ich es von dir.

Hör auf, Abdeslam! sagte Aouicha. Niemand will so etwas hören, und schon gar nicht von einem Jungen.

Halt du den Mund! rief Abdeslam, sprang auf und funkelte sie an. Du hast gar nichts zu sagen. Du bist eine Frau. Du hast damit nichts zu tun.

Er lief aus dem Haus und ließ die Tür offen.

Im Café saß Si Mokhtar, den Kopf auf die Hände gelegt. Er hatte Fieber. Abdeslam setzte sich zu ihm.

Ich werde sterben, mein Junge, sagte er.

Nein, nein! rief Abdeslam. Du bist nur krank, das ist alles.

Ich werde zusperren, nach Hause gehen und mich ins Bett legen. Und du gehst auch nach Hause.

Nein. Ich bleibe hier und halte das Café offen.

Si Mokhtar fühlte sich so krank, daß er sagte: Na gut.

Abdeslam war glücklich. Den ganzen Abend kamen Gäste herein, und er bediente sie, und alles ging sehr gut. Die Männer spielten Karten und Domino und Parchesi, tranken ihren Tee und rauchten ihren Kif. Gegen halb drei waren nur noch drei Männer im Café. Es waren Stammgäste, die jede Nacht kamen und ein oder zwei Stunden dasaßen.

Etwas später kamen noch drei Männer herein. Sie bestellten Coca-Cola, und er bediente sie. Dann sah er, wie einer von ihnen eine Flasche Cognac Centenario herausholte und begann, ihn in die Coca-Cola-Gläser zu schütten.

Tut mir leid, sagte Abdeslam. Es ist verboten, hier Alkohol zu trinken. Bitte verschließt die Flasche wieder und versteckt sie. Dieses Café hat keine Lizenz für Alkohol.

Der Mann, der den Schnaps einschenkte, lächelte ihn an. Warum kommst du nicht mit in meinen Mahal und bleibst über Nacht bei uns? fragte er Abdeslam. Wir stellen die Flasche jetzt weg und gehen alle vier zu mir nach Hause und trinken sie gemeinsam aus.

Ich würde ja mitgehen, sagte Abdeslam, aber ich kann das Café nicht alleinlassen.

Verstehe. Dann also morgen abend?

Warum nimmst du nicht deine Freunde mit und kommst später allein zurück? sagte Abdeslam. Du hast ohnehin nicht genug Schnaps für vier.

Der andere sagte, das sei eine gute Idee, und kurz darauf zahlten sie und gingen. Abdeslam stellte sich vor, der Mann würde bald so betrunken sein, daß er alles vergessen hatte. Aber kurz nach vier Uhr früh kam er zurück. Er war betrunkener als vorher.

Hier bin ich, sagte er zu Abdeslam. Gehen wir.

Warte draußen auf mich. Ich komme gleich.

Der Mann packte ihn am Arm. Nein! Ich bin da, um dich zu holen, und ich nehme dich einfach mit. Jetzt.

Er versuchte Abdeslam in Richtung Tür zu drängen. Abdeslam wehrte sich, und die Gäste sprangen auf und zwangen den Mann, ihn loszulassen. Dann warfen sie den Mann auf die Straße hinaus.

Am Morgen erschien Si Mokhtar nicht. Vielleicht ist er gestorben, dachte Abdeslam. Er beschloß abzuwarten. Er wartete den ganzen Vormittag. Um elf Uhr kam ein kleiner Junge gelaufen und sagte: Si Mokhtar läßt dir sagen, du sollst das Café zusperren und nach Hause gehen.

In Ordnung. Sag ihm, ich werde ihn besuchen, sobald ich zugesperrt habe.

Der Junge ging wieder.

Abdeslam sperrte das Café nicht zu. Er ließ sich ein Mittagessen bringen und bediente weiter die Gäste. Es war etwa vier Uhr nachmittags. Als er am Feuer stand, blickte er auf und sah Aouicha in der Tür. Er ging zu ihr.

Du hast die ganze Nacht gearbeitet, und jetzt arbeitest du noch den ganzen Tag, sagte sie. Du siehst sehr müde aus. Deine Augen sind fast zugefallen.

Er wollte Aouicha nicht sagen, daß er über sie und Bachir Bescheid wußte. Trotzdem sagte er verstimmt: Ich nehme an, Bachir hat dich geschickt.

Ich habe dir heute etwas gekauft, sagte sie, als ob er nichts gesagt hätte.

Abdeslam gab ihr einen Schlüssel.

Nimm ihn mit zum Mahal, sagte er. Si Mokhtar will, daß ich das Café zusperre, aber ich muß es offenhalten. Ich brauche das Geld. Ich bleibe hier, bis ich jemanden finde, der mich ablöst.

Aouicha ging weg.

Um sechs Uhr abends kam der Betrunkene, der am vorhergehenden Abend hinausgeworfen worden war, mit wütendem Blick ins Café. Er war jetzt nüchtern. Er deutete auf sein Sakko, das zerrissen war.

Ich möchte wissen, warum sich diese Männer gestern abend auf mich gestürzt haben, sagte er.

Du weißt nicht, warum? sagte Abdeslam.

Nein, weiß ich nicht.

Was hast du gestern abend zu mir gesagt?

Nichts. Ich habe dich in meinen Mahal eingeladen, das ist alles.

Man hört solche Reden hier nicht gern.

Aber ich war betrunken.

Schon gut, sagte Abdeslam. Niemand wurde verletzt.

In diesem Augenblick kamen vier Männer herein und begrüßten den Mann. Er setzte sich zu ihnen und vergaß Abdeslam.

Abdeslam arbeitete weiter, aber er fühlte sich ganz müde und benommen. Als er am Feuer stand und den Blasebalg bediente, kam Bachir.

Was glaubst du eigentlich? fragte er. Arbeitest die ganze Nacht und den ganzen Tag, und jetzt wieder die ganze Nacht?

Ich kann das Café nicht zusperren. Si Mokhtar läßt immer jemanden hier, der sich darum kümmert, wenn er nach Hause geht.

Kennst du keinen der Männer, die hier sitzen? Es muß doch einen geben, der weiß, wie man Tee macht. Der soll hierbleiben, während du nach Hause gehst und ein wenig schläfst.

Mal sehen, sagte Abdeslam.

Wenn ich nicht in ein paar Minuten zurück bin und etwas zu essen für dich habe, dann bringt Aouicha es später.

Abdeslam sah zu, wie Bachir hinausging. Es kam ihm sehr merkwürdig vor, daß sie immer noch an ihn dachten und ihm Essen holten. Sie wissen nicht, daß ich es herausgefunden habe, sagte er sich. Sie glauben, alles ist noch wie früher.

Um zehn Uhr kam Aouicha mit seinem Essen. Er nahm es ihr an der Tür ab, da sie das Café nicht betreten durfte. Laß es dir schmecken, sagte sie, und er bedankte sich. Nachdem sie gegangen war und während Abdeslam noch aß, kam Hadj Mohammed, ein alter Freund von Si Mokhtar.

Wo ist Si Mokhtar?

Abdeslam erzählte es ihm.

Als er damit fertig war, sagte er: Und ich habe noch immer nicht geschlafen.

Hadj Mohammed bot ihm an, das Café eine Weile zu führen, damit Abdeslam ein wenig schlafen könne. Abdeslam setzte sich auf einen Stuhl und legte die Füße auf einen zweiten. Augenblicklich schlief er ein. Er schlief bis halb sechs Uhr morgens und wäre nicht einmal dann aufgewacht, wenn es nicht vor dem Café einen Radau gegeben hätte. Er stand auf und blickte zur Tür hinaus. Ein paar betrunkene Jugendliche rauften miteinander. Er wandte sich zu Hadj Mohammed und sagte: Ich habe lange geschlafen.

Ich wollte dich nicht aufwecken, sagte Hadj Mohammed.

Etwas später ging Abdeslam, um Milch und Gebäck für das Café zu kaufen. Hadj Mohammed hatte das Geld, das er während der Nacht eingenommen hatte, beiseite gelegt, damit es nicht mit dem Geld in der Kasse durcheinandergeriet. Als Abdeslam zurückkam, gab er ihm das Geld und die Verkaufsliste. Abdeslam überprüfte sie und bedankte sich, und dann frühstückten sie miteinander. Danach rauchten sie Kif und unterhielten sich.

Hadj Mohammed ging, und Abdeslam blieb im Café und arbeitete. Er war sicher, daß er während des Vormittags etwas über Si Mokhtar erfahren würde, aber nichts geschah.

Am frühen Nachmittag erschien Aouicha in der Tür und stand kopfschüttelnd da. Du bist immer noch da? sagte sie. Er zuckte die Achseln. Was soll ich machen?

Ich bringe dir ein Mittagessen, sagte sie.

Viel später tauchte Hadj Mohammed auf und setzte sich. Abdeslam wollte schon hingehen und ihn fragen, ob es etwas Neues gebe, als er Aouicha mit seinem Essen in der Tür sah. Er nahm ihr die Töpfe ab und verabschiedete sich von ihr. Dann fragte er Hadj Mohammed, ob er mit ihm essen wolle. Er wußte nichts Neues von Si Mokhtar. Während sie aßen, begann er Abdeslam alle möglichen Fragen über seine Familie und sein Leben zu stellen.

Warum arbeitest du hier in diesem Café? wollte er wissen.

Ich hatte Schwierigkeiten, sagte Abdeslam, und ich konnte nicht mehr zu Hause bleiben. Aber es geht mir gut, Allah sei Dank.

Das ist kein guter Ort für dich, sagte Hadj Mohammed. Befreunde dich mit keinem der Männer, die hierherkommen.

Tu ich nicht, sagte Abdeslam.

Es dämmerte schon, als Si Mokhtar kam. Er hatte einen

Fqih aufgesucht, und sie erkannten ihn kaum. Normalerweise trug er europäische Kleidung, aber an diesem Abend hatte er eine Djellaba an und einen weißen Turban um den Kopf, und er trug eine sehr weite algerische Hose.

Es geht mir viel besser, sagte er. Aber Abdeslam, du siehst gelb aus. Du mußt todmüde sein.

Nein, sagte Abdeslam. Er konnte es nicht zugeben.

Er wollte nicht zusperren, sagte Hadj Mohammed. Er wollte weiterarbeiten, weil er sagte, daß du es nie alleinläßt. Er ist ein seltsamer Junge. Er hat mir erzählt, daß er die Unterschiede zwischen den Gästen am Tag und den Gästen in der Nacht studiert!

Si Mokhtar lachte. Nun, mein Sohn, was hältst du von den Nachtmenschen? Wie hat es dir gefallen bei ihnen?

Es hat mir nicht gefallen, gab Abdeslam zu. Sie sind schon in Ordnung, nehme ich an, aber irgend etwas stimmt mit ihnen nicht. Sie sind wie Fledermäuse. Am Tag würden sie mit dem Kopf gegen die Wand stoßen.

Da hast du recht, sagte Si Mokhtar. Ich habe nicht gedacht, daß sie dir gefallen würden.

Du solltest nach Hause gehen und dich hinlegen, sagte Abdeslam.

Heute abend arbeite ich, und du bist derjenige, der nach Hause schlafen geht, sagte Si Mokhtar. Und so, wie du aussiehst, schläfst du am besten zwei oder drei Tage lang. Du bist ganz blaß.

Abdeslam gab Si Mokhtar die Abrechnung, und Si Mokhtar händigte ihm vierhundertfünfundzwanzig Peseten aus.

Das ist mehr als die Hälfte, sagte Abdeslam.

Ab nach Hause, sagte Si Mokhtar.

Abdeslam dankte ihm und ging.

30

Als Abdeslam zum Mahal kam, klopfte er. Aouicha hatte noch immer seinen Schlüssel. Sie öffnete die Tür und ließ ihn ein. Sie war gerade dabei, auf der Kohlenpfanne Raif zu braten. Er sprach nicht mit ihr.

Er ging in die Latrine und wusch sich Hände, Gesicht und Füße. Dann ging er ins mittlere Zimmer und setzte sich hin. Vor ihm auf dem Taifor stand eine große Glasschüssel mit Früchten. Aouicha kam herein und trocknete sich die Hände ab. Woher ist das? sagte er und zeigte auf die Schüssel.

Das habe ich für dich gekauft.

Danke.

Es waren Orangen, Äpfel, ein paar Birnen und Bananen und zwei Zitronen, eine große glänzende und eine kleine blasse.

Du mußt schrecklich müde sein, sagte Aouicha.

Ich bin nicht müde.

Möchtest du Kaffee? Er ist heiß.

Ja. Gib mir ein Glas.

Er nahm es und dankte ihr.

Aouicha!

Was ist?

Kannst du mir eine Rasierklinge holen? Ich möchte mir ein Hühnerauge von der Zehe schneiden.

Aouicha stand auf und ging in Bachirs Zimmer. Als sie zurückkam, wickelte sie eine neue Klinge aus und gab sie ihm.

Danke. Er legte sie auf den Taifor und zündete seine Kifpfeife an. Ab und zu trank er einen Schluck Kaffee. Schließlich nahm er die Rasierklinge und begann die harte Haut auf seiner Zehe wegzuschneiden. Er schnitt weiter, bis alles weg war. Als er fertig war, zündete er ein Streichholz an und hielt es unter seinen Fuß, um die Stelle wegzubrennen, wo er die Haut weggeschnitten hatte.

Was machst du da? rief Aouicha. Warum verbrennst du deinen Fuß? Du bist der verrückteste Junge, den ich je gesehen habe.

Es tut nicht weh. Außerdem tötet es die Bakterien ab.

Er legte die Rasierklinge neben sich auf den Boden, hob alle harten Hautstückchen auf und warf sie in die Latrine. Als er herauskam und die Tür hinter sich schloß, sagte er. Aouicha.

Ja?

Wenn ich sechzehn wäre, glaubst du, daß Bachir mich dann bei einem Kampf besiegen könnte?

Nein, ich glaube nicht, sagte sie.

Abdeslam setzte sich wieder.

Wenn du viel Obst ißt, wirst du stark werden, sagte sie. Es ist sehr gesund.

Dieser Apfel sieht gut aus. Er griff nach einem großen roten Apfel, und gleichzeitig nahm er die zwei Zitronen aus der Schüssel: Zitronen sind keine Früchte, sagte er zu Aouicha.

Warum nicht?

Weil alle anderen Früchte süß sind und man in sie hineinbeißen kann. Aber Zitronen sind sauer. Man braucht ein Kilo Zucker dazu.

Zitronen sind ausgezeichnete Früchte, sagte sie. Und sie sehen in der Schüssel hübsch aus. Sie sind so leuchtend gelb.

Abdeslam lachte und schaute sie an. Ja, es gibt auch solche Menschen. Schön anzusehen und innen sauer.

Ja, ja, ich weiß, sagte sie ungeduldig.

Abdeslam legte den Apfel auf den Taifor und begann zu rauchen. Während er rauchte, dachte er an Bachir. Aouicha saß schweigend da. Und er stopfte seine Pfeife immer wieder und rauchte, bis der Kif seinen Kopf zum Sieden brachte. Er konnte an nichts anderes denken als an Bachir, und die Gedanken rasten so schnell durch seinen Kopf, daß er ihnen ausweichen mußte. Er nahm die Rasierklinge, und dann nahm er die glänzende Zitrone und begann seitlich kleine Schnitte zu machen. Der Geruch der Schale war sehr stark.

Warum machst du die Zitrone kaputt? fragte Aouicha.

Man bekommt ein Kilo um zwei Peseten, sagte er zu ihr, ohne aufzuschauen.

Aouicha sagte nichts mehr, und Abdeslam fuhr fort, kleine Schnitte in die Zitrone zu machen. Dann versuchte er die Klinge ins Fruchtfleisch zu drücken. Sie drang hinein, aber als er versuchte, die Zitrone auseinanderzuschneiden, bewegte sich die Klinge nicht und schnitt ihm statt dessen in die Fingerspitze. Das Blut tropfte auf die Zitrone.

Die Zitrone ist jetzt nicht mehr gelb, sagte er. Sie ist rot.

Aouicha stieß einen Schrei aus. Ay! Was hast du gemacht?

Nichts. Er ging in die Latrine und ließ kaltes Wasser über seine linke Hand laufen. In seiner rechten Hand hielt er die Zitrone, in deren Schale immer noch die Rasierklinge steckte. Bald drang kein Blut mehr aus seinem Finger. Er drehte den Wasserhahn zu, stand auf und rieb die Zitrone an einem Waschlappen, der von einem Haken an der Wand hing. Wo die Zitrone den Stoff berührt hatte, war der Stoff zerschnitten.

Oh! sagte Abdeslam. Noch einmal fuhr er mit der Zitrone den Stoff entlang, und wieder entstand ein Schnitt.

Einen Augenblick stand er reglos da, und dann ging er zurück ins mittlere Zimmer. Aouicha hielt Jod bereit, um es auf seinen Finger zu träufeln.

Er zog die Klinge aus der Zitrone und warf die Zitrone in den Mülleimer. Er trug die Klinge in die Latrine und warf sie in das Loch im Boden. Er setzte sich wieder und überlegte weiter. Diesmal dachte er nur an Zitronen.

31

An diesem Abend kam Bachir nüchtern nach Hause. Ich sehe, du hast Raif gemacht, sagte er zu Aouicha. Zu Abdeslam sagte er: Was ist mit deiner Hand passiert? Ich habe im

Café ein Glas zerbrochen, sagte Abdeslam. Aouicha sah ihn überrascht an, aber sie sagte nichts.

Ist Zohra noch nicht da? fragte Bachir.

Ich wußte nicht, daß sie kommt, sagte Aouicha.

Bachir setzte sich hin, und sie aßen den Raif zum Tee. Während sie aßen, klopfte Zohra an die Tür.

Msalkheir! Hallo! Wie geht es euch? Gibt es was Neues? Sie setzte sich zu ihnen.

Ein paar Minuten später klopfte es wieder. Geh und mach die Tür auf, sagte Bachir zu Abdeslam.

Mach du sie auf. Es ist ohnehin ein Freund von dir und nicht von mir. Bachir stand auf und öffnete die Tür. Ein Mann mit einem Korb trat ein und reichte ihn Bachir. Dann begrüßte er die anderen und setzte sich. Abdeslam kannte ihn schon. Sie nannten ihn Charlot, weil er große Füße hatte.

Inzwischen schaute Bachir in den Korb. Oben lagen drei Flaschen Cognac Fundador. Die nahm er zuerst heraus, und dann gebratenen Fisch, mit Chilis gefüllte Oliven und einen Laib Schwarzbrot. Gleich öffnete er eine der Flaschen und schenkte sich Cognac ein. Er trank ihn in einem Zug.

Das Blut von Jesucristo, sagte Abdeslam, während er ihm zusah.

Dann rollte Bachir einige Oliven in ein Stück Brot ein und begann zu essen. Er wandte sich zu Abdeslam und sagte kauend: Ich weiß. Und das Brot und die Oliven sind der Leib von Jesucristo. Nicht wahr, Charlot?

Nachdem sie die erste Flasche ausgetrunken hatten, öffnete Bachir die zweite. Dann sprang Charlot auf und lief zum Bacal. Er kam mit einigen Flaschen Coca-Cola zurück, und sie fingen an, Cognac und Coca-Cola zu trinken. Als die zweite Flasche halb leer war, wandte sich Bachir plötzlich zu Abdeslam und sah ihn an, als hätte er ihn noch nie gesehen. Schließlich sagte er: Du bist so schön, Abdeslam, jetzt, wo deine Haare nachgewachsen sind.

Abdeslam gab den Blick zurück, und er sah Aouicha an,

und abwechselnd jeden der beiden. Dann sagte er: Danke, Bachir. Auch du bist schön. Und Aouicha ist schön, und Zohra.

Zohra ist eine Gazelle! sagte Bachir und kniff sie in den Oberschenkel. Sie hat da hinten zwei wunderbare Arschbakken.

Zohra warf Bachir einen eisigen Blick zu. Ja, ich weiß, sagte sie.

Heute nacht wird es dir gefallen, Zohra. Hörst du?

Mit mir nicht, Bachir. Nie.

Sag niemals nie zu mir. Wenn eine Frau mit mir im Bett ist, macht sie, was ich will, von vorn oder von hinten.

Es ist schrecklich! sagte Abdeslam. Du hast überhaupt kein Schamgefühl, Bachir. Wie irgendein Verbrecher.

Bitte, Abdeslam, sagte Aouicha. Es hat keinen Zweck. Fang mit Bachir nicht wieder Streit an.

Bachir ließ Zohra nicht los. Heute nacht bleibst du bei mir. Und du wirst alles tun, was ich von dir verlange.

Das werde ich nicht! rief sie. Laß mich! Sie riß sich von ihm los und setzte sich in den anderen Teil des Zimmers. Du hast recht, Abdeslam, er ist ein Verbrecher. Eine Schande, daß man ihn leben läßt.

Er ist schon halb tot, sagte Abdeslam. Soll er seinen Cognac trinken und weiter sterben.

Das reicht, das reicht, sagte Charlot. Ich muß gehen. Er stand auf. Trink nicht zuviel! sagte er zu Bachir.

Nachdem er gegangen war, sagte Bachir: Ich gehe jetzt mit Zohra ins Bett.

Zohra sagte nichts.

Willst du nach Hause gehen? fragte Abdeslam.

Ich kann nicht, es ist zu spät.

Sie bleibt bei mir! brüllte Bachir.

Abdeslam redete weiter auf Zohra ein. Warum schlaft ihr beide, du und Aouicha, nicht in meinem Zimmer?

Bachir stand plötzlich auf und begann vor ihnen hin und

her zu schwanken, und sie alle erhoben sich rasch. Er torkelte auf Zohra zu und packte sie am Arm. Sie stieß ihn heftig mit beiden Händen weg, und er machte einen Schritt zurück, stieß gegen den Diwan und verlor das Gleichgewicht. Im Fallen prallte er mit dem Kopf gegen die Wand.

Die beiden Frauen gingen in Abdeslams Zimmer und legten sich in sein Bett. Als Abdeslam annahm, daß sie schliefen, ging er hinein und löschte das Licht. Dann legte er sich auf die Matte und hüllte sich in eine Decke.

Er war schon fast eingeschlafen, als er Zohra flüstern hörte. Ich habe Angst! sagte sie immer wieder. Er wird uns aufwecken und die Tür aufbrechen und uns alle drei umbringen!

Hab keine Angst. Schlaf nur, sagte Abdeslam zu ihr. Er wird nicht aufstehen. Du kannst ruhig einschlafen.

Ja. Sei still und schlaf, sagte Aouicha.

32

Am Morgen schaute Aouicha ins andere Zimmer. Bachir war bereits zur Arbeit gegangen. Sie ging zurück ins Schlafzimmer und weckte Zohra und Abdeslam. Dann machte sie Kaffee. Abdeslam wollte keinen. Er ging in ein Café auf dem Zoco Chico, um zu frühstücken. Den ganzen Tag saß er im Mahal herum, rauchte Kif und dachte an Bachir.

Gegen Abend erschien Bachir für ein paar Minuten und machte sich fertig, um mit Freunden auszugehen und zu essen. Aouicha kam und machte Abdeslam ein Abendessen. Nachdem die beiden gegessen hatten, gingen sie ins Kino.

Es war ein Film über Gangster,und Abdeslam sah aufmerksam zu. Hast du gesehen, wie er durch das Fenster eingestiegen ist und dem Mann das Messer in die Brust gestoßen hat? flüsterte er Aouicha zu. Das war gut. Das sind Profis, diese Männer.

Schau zu und sei still, sagte sie.

Er schaute zu. Im Film sah man, wie Leute ausgeraubt und umgebracht wurden. Um Mitternacht war er aus, und sie gingen nach Hause. Bachir schlief in seinem Zimmer.

Sie setzten sich in Abdeslams Zimmer.

Ich kann immer noch sehen, wie der Mann mit dem Messer durch das Fenster kommt, sagte Abdeslam. Er schwieg eine Weile. Ich fühle mich ein wenig krank, sagte er.

Wirklich? Dann solltest du dich ins Bett legen.

Wieder machte er eine Pause, bevor er sagte: Bachir so umzubringen wäre das gleiche, als ob man sich von einem Skorpion befreit. Jeder wäre froh.

Hör auf, solchen Unsinn zu reden! sagte Aouicha.

Ich fühle mich wirklich krank, sagte er. Ich will ins Bett.

Wenn du krank bist, dann bleibe ich hier, sagte sie.

Bei Bachir, dachte er. In seinem Bett.

Er stand auf und ging in sein Zimmer. Er löschte die Lampe, zog sich aus und legte sich ins Bett. Gleich darauf hörte er, wie Aouicha leise zu schnarchen begann. Er lag einfach da und dachte nach und merkte, daß er in der Dunkelheit weinte. Jetzt habe ich, was ich brauche, dachte er, und etwas Schlimmes wird passieren. Aber wenn es einmal passiert ist, werde ich nicht mehr weinen.

Er stand auf und zündete die Lampe an. Dann setzte er sich an den Bettrand und begann zu rauchen. Sehr lange saß er da und füllte seinen Kopf mit Kif.

Viel später öffnete Aouicha die Tür und spähte herein. Was machst du? flüsterte sie.

Rauchen, sagte er.

Der Mouddin ruft zum Fjer, sagte sie. Es ist fünf Uhr früh.

Ich habe noch nicht geschlafen, und ich bin nicht müde.

Aber warum nicht? Sie kam herein und schloß die Tür.

Ich weiß nicht.

Du denkst immer noch an diesen Film, sagte sie. Er hat dir angst gemacht. Das ist es.

Ja, sagte er, ich habe Angst.

Sie hörten, wie Bachir aufstand und sich wusch, und sie redeten nicht weiter. Aber er hatte bereits ihre Stimmen gehört und rief: Der Tag gehört euch, und die Nacht auch. Schlaft ihr beide denn nie?

Es ist deine Schuld! rief Abdeslam.

Als Bachir wegging, schlug er die Tür zu.

Warum gibst du ihm die Schuld? sagte Aouicha. Er hat nichts damit zu tun.

Und auch deine Schuld, fügte er hinzu.

Meine! Warum?

Ich habe von euch beiden genug! rief er. Ich will keinen von euch mehr sehen!

Abdeslam!

Ich bin nur ein Junge, ich weiß, fuhr er fort. Und deshalb brauche ich nicht ständig eine dreißigjährige Frau um mich.

So etwas habe ich noch nie gehört! rief sie. Was ist los mit dir, Abdeslam?

Du weißt, wie man eine Tür auf- und wieder zumacht, sagte er. Das ist alles, was du zu tun hast. Ich will schlafen.

Er legte sich ins Bett und drehte sich zur Wand.

Sie stand da und blickte auf ihn hinunter. Möchtest du nicht, daß ich zu dir komme? flüsterte sie.

Bitte, sagte er, laß mich in Ruhe. Ich brauche Schlaf. Ich werde besser schlafen, wenn niemand in meinem Zimmer ist.

Sie schüttelte den Kopf. Es ist der Kif, murmelte sie. Bachir hatte recht, er zersetzt dein Gehirn.

Plötzlich setzte er sich auf und schrie sie an. Nicht der Kif zersetzt mein Hirn! Du bist es! Du zersetzt mein Gehirn! Hau ab und komm nie wieder!

Aouicha legte sich ihren Haik um, ging hinaus und schlug dabei die Tür noch fester zu als Bachir.

Sie kann weinen oder sterben oder machen, was sie will, dachte er und legte sich wieder hin. Er schlief ein und schlief bis halb vier Uhr nachmittags. Dann stand er auf, wusch sich und ging ins Café.

Si Mokhtar begrüßte ihn. Wie geht es dir an diesem schönen Tag?

Ich brauche ein Glas Kaffee, sagte Abdeslam.

Si Mokhtar machte den Kaffee und gab ihn ihm. Hast du dich ausgeschlafen? fragte er.

Nein, sagte Abdeslam. Ich habe immer noch nicht richtig geschlafen. Nur ein wenig.

Du siehst nicht sehr gut aus, sagte Si Mokhtar.

Es geht.

Si Mohktar stopfte seine Pfeife und gab sie Abdeslam. Ich habe den Verdacht, du machst dir immer noch Sorgen wegen Bachir.

Ja, du hast recht.

Er ist ein schlechter Mensch. Ich kenne ihn. Er ist es nicht wert, daß man sich seinetwegen Sorgen macht.

Ich kenne ihn auch, sagte Abdeslam. Jeder weiß, daß er ein Nichtsnutz ist.

Du solltest nicht mit ihm reden, wenn er betrunken ist. Laß ihn in Ruhe.

Warum rauchst du nicht und stopfst mir wieder die Pfeife? sagte Abdeslam. Ich habe erst eine Pfeife gehabt.

Si Mokhtar stopfte die Pfeife und gab sie ihm. Du solltest bei mir und meiner Frau wohnen und von dort weggehen, sagte er. Vielleicht wirst du das eines Tages wirklich tun.

Abdeslam wußte, daß er es nie tun würde, aber das konnte er nicht sagen. Verrate mir etwas, Si Mohktar, sagte er. Ich möchte dich etwas fragen.

Was denn?

Welches sind die besten Rasierklingen? Die schärfsten?

Rasierklingen? Warum interessierst du dich für Rasierklingen? Du mußt dich doch noch nicht rasieren.

Ich habe mich nur gefragt, mit welchen man sich am schnellsten rasieren kann.

Na ja, ich glaube, die Sevillanas sind die besten, sagte Si Mokhtar. Aber ich verstehe dich nicht.

Jetzt brauche ich mich noch nicht zu rasieren, sagte Abdeslam. Aber eines Tages muß ich es. Und dann will ich niemanden fragen müssen, was für eine Marke ich kaufen soll.

Si Mokhtar lachte. Abdeslam reichte ihm die Pfeife.

Kurz vor Anbruch des Abends verließ Abdeslam das Café. Auf dem Heimweg blieb er bei einem Bacal stehen und kaufte ein Kilo Zitronen und zwei Päckchen Sevillana-Rasierklingen. Als er zum Mahal kam, ging er in sein Zimmer und verriegelte die Tür. Er schnitt zwei Zitronen auseinander und drückte den Saft in ein Glas. Er gab noch Zucker und Wasser dazu und stellte das Glas auf den Taifor, zusammen mit seiner Kifpfeife und seinem Mottoui, dem Sack Zitronen und den beiden Päckchen Rasierklingen. Dann setzte er sich vor den Taifor und rauchte eine Pfeife Kif.

Gleich darauf öffnete er ein Päckchen Rasierklingen. Er nahm eine ziemlich große Zitrone und steckte vier Klingen in gleichem Abstand zueinander hinein. Er hielt sie an beiden Enden und warf sie dann, so fest er konnte, gegen die Tür. Sie prallte auf und fiel zu Boden. Als er hinging, um zu sehen, was passiert war, steckten Splitter von einer der Klingen im Holz.

Dann hörte er jemanden ins Haus kommen. Schnell versteckte er die Rasierklingen und die Zitrone.

Im mittleren Zimmer unterhielten sich Leute. Er öffnete die Tür. Bachir saß mit einigen Freunden da, und auf dem Taifor standen viele Weinflaschen. Er beschloß, in einem Restaurant zu essen. Es lohnte sich, Geld dafür auszugeben, daß er nicht im Mahal essen mußte. Er rief Hallo!, während er durch das Zimmer und auf die Straße hinaus ging.

Er saß lange in einem kleinen Restaurant in der Saqqaya und aß. Er dachte über sein Leben nach, und er sagte sich immer wieder, daß der Zeitpunkt gekommen war, wo etwas geschehen mußte. Er konnte nicht mehr mit Bachir im Mahal leben. Er spürte, wenn er dort blieb, würde er werden wie Bachir. Bei diesem Gedanken wurde ihm ganz übel.

Als er fertiggegessen hatte, war er plötzlich müde. Er stand auf und zahlte und ging durch die windigen Gassen zum Mahal. Niemand war da. Er ging in sein Zimmer, verriegelte die Tür und zog sich aus. Der Wind rüttelte an den Jalousien. Er legte sich ins Bett. Nachdem er eine Weile horchend dagelegen war, blies er die Lampe aus.

33

Als Abdeslam am Morgen aufstand, war er traurig und wußte nicht warum. Er wusch sich, zog sich an und machte sich auf den Weg ins Café, um dort zu frühstücken. Unterwegs blieb er an einem Stand stehen und kaufte sich um zehn Peseten Churros. Mit einem großen Sack davon ging er in die Calle del Comercio. Einige kleine Jungen spielten mitten auf der Straße. Einer von ihnen sah, was er trug. Gib mir eines! rief er, und er begann neben Abdeslam herzulaufen.

Da, sagte Abdeslam, und er gab ihm ein Stück. Dann kamen alle Jungen, umkreisten ihn und bettelten ihn um Churros an. Er gab jedem eines und ging weiter zum Café.

Guten Morgen! sagte Si Mokhtar.

Kannst du mir schnell ein Glas Kaffee machen? Oder es mich selber machen lassen?

Ist etwas, Abdeslam? Geht es dir nicht gut? Oder hast du gestern abend zuviel Kif geraucht?

Nichts ist, Si Mokhtar. Ich habe nur das Gefühl, daß etwas passieren wird. Etwas Schlimmes.

Du solltest dort ausziehen, sagte Si Mokhtar. Dann könntest du Bachir vergessen. Du könntest ihn einfach in seinem Dreck sitzen lassen.

Weißt du, Si Mokhtar, sagte Abdeslam, wenn ich nur ein wenig älter wäre, sechzehn oder siebzehn, dann könnte ich dir alle diese Strolche, die dich nachts belästigen, vom Hals schaffen. Und ich bräuchte auch keine Hilfe dabei.

Si Mokhtar lächelte. Das möchte ich nicht mitansehen müssen, sagte er. Schlag dir das aus dem Kopf. Das wäre dein Ende.

Vielleicht, sagte Abdeslam.

Aber er glaubte nicht, daß Si Mokhtar recht hatte, weil er dachte, mit einer Zitrone in der Hand könnte er mit jedem machen, was er wollte.

Es könnte mein Ende sein, sagte er. Ich weiß ohnehin, daß ich nicht lange leben werde.

Sag so etwas nicht, mein Junge, sagte Si Mokhtar.

Es ist so! Und ich würde niemandem glauben, der das Gegenteil behauptet. Wie spät ist es?

Si Mokhtar blickte auf seine Uhr. Halb zwölf, sagte er. Warum kümmerst du dich nicht eine Weile statt meiner um das Café, und ich gehe nach Hause und hole Essen und bringe es hierher? Wenigstens hast du gestern nacht genug Schlaf bekommen. Das sieht man. Aber ich will nicht, daß du vor morgen abend wieder arbeitest. Du mußt noch eine Nacht durchschlafen.

Gut, sagte Abdeslam, und Si Mokhtar ging.

Wenige Minuten später kamen zwei Männer in das Café und bestellten zwei Gläser Tee.

Abdeslam saß einfach da, rauchte seine Pfeife und sah sie an. Einen Augenblick später riefen sie noch einmal nach ihm.

Zwei Gläser Tee!

Abdeslam sagte: Das Café ist geschlossen.

Was soll das heißen, es ist geschlossen? Es ist offen.

Der Mann ist nicht hier, sagte er. Er hatte keine Lust, aufzustehen und zum Feuer zu gehen.

Warum hast du das nicht gesagt? Sie sahen einander an, und einer von ihnen sagte: Der Junge hat sie nicht alle. Sie gingen hinaus.

Um halb zwei kam Si Mokhtar mit dem Essen. Abdeslam saß genauso da, wie Si Mokhtar ihn verlassen hatte, aber seine Augen waren geschlossen.

Abdeslam! rief er.

Was ist?

Hast du Hunger?

Ein wenig.

Dann essen wir. Er stellte das Essen hin, eine große Tajine und einen Laib Schwarzbrot. Nachher machte Abdeslam zwei Gläser grünen Tee, und sie rauchten, während sie ihn tranken.

Mitten am Nachmittag tauchte Bachir in der Tür auf und winkte Abdeslam zu sich. Was willst du? rief Abdeslam. Es hatte zu regnen begonnen, und er wollte nicht hinausgehen.

Bachir kam herein und blieb an der Tür stehen, während er leise mit Abdeslam redete. Ich brauche zweihundert Peseten. Ich habe ein paar Freunde im Mahal und möchte eine Menge kaufen.

Abdeslam sagte: Natürlich. Er zog zweihundert Peseten heraus und gab sie Bachir. Bachir bedankte sich und ging.

Was hat er gesagt? fragte Si Mokhtar.

Er wollte sich Geld ausborgen, damit er sich betrinken kann.

Und du hast es ihm gegeben? Warum hast du nicht gesagt, daß deine Brieftasche leer ist?

Ich möchte, daß er glaubt, er kann sich auf mich verlassen, sagte Abdeslam.

Was meinst du damit, sich auf dich verlassen?

Si Mokhtar, wenn du einen Hund im Haus hast und ihm immer nur Brot und Wasser zu fressen gibst, und dann komme ich daher und gebe ihm Fleisch, dann wird dein Hund mir folgen und bei mir bleiben. Und er wird dich vergessen. So ist es doch?

Ja, mein Sohn, das ist nur natürlich. Brot und Wasser ist nicht das gleiche wie Fleisch.

Deshalb habe ich Bachir zweihundert Peseten gegeben. Ich will, daß er Vertrauen zu mir hat. Er ist ein Hund.

Hier. Nimm die Pfeife, sagte Si Mokhtar.

Abdeslam aß in einem kleinen Restaurant um die Ecke und ging dann zurück ins Café, um sich zu Si Mokhtar zu setzen und zu rauchen. Sie redeten und lachten und machten Tee und Kaffee für die Gäste.

Schließlich sagte Si Mokhtar zu Abdeslam: Ich verstehe nicht, was dich in diesem Haus interessiert und warum du noch immer bei Bachir wohnst. Du weißt, was er für ein Mensch ist.

Solange er mich nicht belästigt, macht es mir nichts aus, dort zu sein, sagte Abdeslam. Er stand auf. Ich gehe zum Mahal und sehe nach, was sich dort tut.

Es kann dir doch egal sein, was sich dort tut. Es werden wie immer eine Menge Betrunkene dort herumsitzen, sagte Si Mokhtar. Er hoffte, daß er Abdeslam überreden konnte, bei ihm zu bleiben.

Abdeslam ging ohne eine Antwort weg.

Als er die Tür zum Mahal aufsperrte, hörte er lautes Singen.

Salaam aleikoum.

Aleikoum salaam.

Bachir saß mit zwei Männern und einem Mädchen da. Abdeslam hatte keinen von ihnen je gesehen. Er starrte sie an, und sie starrten ihn an, erstaunt, plötzlich einen kleinen Jungen auftauchen zu sehen.

Bachir war betrunken, aber er schien guter Laune zu sein. Wie geht's dir? sagte er mehrmals zu Abdeslam.

Abdeslam setzte sich. Er holte seine Pfeife heraus, rauchte eine Zeitlang und sah ihnen zu. Dann sagte einer von Bachirs Gästen zu ihm: Stopfst du mir eine Pfeife? Ich habe meine nicht bei mir.

Abdeslam stopfte seine Pfeife und gab sie dem Mann. Als er sie zurückbekam, rief Bachir: Jetzt will ich sie! Stopf sie!

Und Abdeslam gab sie ihm weiter. Er gab sie nicht zurück, nachdem er geraucht hatte, sondern borgte sich den Mottoui seines Freundes und rauchte mehrere Pfeifen. Dann stopfte er sie wieder und gab sie Abdeslam zurück. Hier, nimm sie, mein Augenstern, sagte er zu ihm.

Abdeslam nahm die Pfeife, ohne etwas zu sagen.

Bachir ergriff eine Flasche und begann mit einem glucksenden Geräusch aus ihr zu trinken. Das Mädchen wandte sich ihm zu: Warum trinkst du nicht aus einem Glas wie ein menschliches Wesen?

Bachir stellte die Flasche neben sich auf den Boden und rülpste. Nun blickte das Mädchen Abdeslam an. Was macht er denn hier? sagte sie wütend. Schick ihn hinaus. Ich mag es nicht, wenn Kinder herumsitzen und mich beobachten.

Bachir wollte etwas sagen, doch Abdeslam unterbrach ihn. Dasselbe frage ich mich bei dir, sagte er zu ihr. Was machst du denn hier?

Was soll das heißen? rief sie. Ich bin eine Frau, und ich sitze unter Männern. Du bist ein Kind und hast kein Recht, hier zu sein.

Ich weiß, sagte er. Du bist eine von den Frauen, die unter Männern sitzen. Die Art Frau, die es aufs Geld abgesehen hat.

Halt den Mund, Abdeslam! sagte Bachir. Geh und spiel mit deiner Eisenbahn oder sonst etwas. Haddouj, nimm diese Darbouka und trommle, denn ich werde aufstehen und ein Loch in den Boden tanzen.

Sie hob die Trommel auf und begann sie zu schlagen, und Bachir tanzte. Der Tanz ging immer weiter, und Bachir schien dabei immer betrunkener zu werden. Plötzlich stolperte er über Abdeslam.

Abdeslam versuchte ihm auf die Beine zu helfen, aber Bachir schlang seine Arme um ihn und begann ihn auf den Mund zu küssen, und er konnte sich nicht losmachen.

Die beiden Männer und das Mädchen lachten über Abdeslams Bemühungen. Schließlich lockerte Bachir seinen Griff ein wenig, und Abdeslam stieß ihn weg.

Bachir setzte sich wieder hin. Er rief Abdeslam zu: Das war alles, was ich wollte. Und er lächelte ihn an.

Gern geschehen, sagte Abdeslam. Wir sind schließlich Freunde. Er stopfte seine Pfeife und reichte sie Bachir. Hier. Rauche, sagte er, und er gab ihm auch sein Mottoui. Bediene dich, sagte er. Dann stand er auf, ging in sein Zimmer und verriegelte die Tür.

Er zog den Pullover aus, den er trug, und zog statt dessen eine Jacke an. Er nahm eine Zitrone von dem kleinen Berg auf dem Regal und blickte auf sie hinunter. Er machte seine Augen fest zu, und die Tränen liefen ihm über das Gesicht.

Er hat mich vor seinen Freunden geküßt, dachte er. Jetzt glauben sie alle, daß ich seine Frau bin.

Er wickelte zwei Rasierklingen aus und drückte sie dicht nebeneinander tief in die Schale der Zitrone, so daß er die Frucht mühelos in der Hand halten konnte. Dann legte er sie hin und packte seine Kleider in seinen Koffer. Er ließ ein großes Taschentuch zurück, mit dem er die Zitrone umwickelte, bevor er sie in seine Jackentasche steckte. In einem Eimer in der Ecke des Zimmers war Wasser, und er wusch sich das Gesicht, damit niemand sehen würde, daß er geweint hatte. Dann ging er hinaus und setzte sich wieder zu Bachir und seinen Freunden.

Wo warst du denn? sagte einer der Männer.

Ich hatte etwas zuviel Kif, sagte er zu ihm, und ich wollte mir das Gesicht waschen und abkühlen.

Bachir lag ihm gegenüber auf dem Boden. Sein Mund stand offen, und Speichel rann ihm über das Kinn. Abdeslam sah ihn an. Bachir sollte das Dach reparieren, sagte er. Es regnet auf sein Gesicht.

Du bist ja einer von den ganz Schlauen, sagte Haddouj und warf Abdeslam einen Blick zu, den er nicht mochte. Du weißt wohl alles.

Du hast es also gemerkt? sagte er. Ich hätte nicht gedacht, daß dir das auffällt.

Wütend wandte sie sich zu Bachir und stieß ihn mit dem Ellbogen, damit er die Augen öffnete. Kannst du nicht dafür sorgen, daß er verschwindet? rief sie.

Bachir richtete sich auf. Ja, sagte er zu Haddouj und lachte. Man muß ihn nur ins Bett bringen, damit er seine Lektion lernt. Heute nacht werde ich ihm etwas Neues beibringen.

Warum nicht? sagte Abdeslam, ohne ihn anzusehen. Wenn deine Freunde gegangen sind.

Bachir blickte ihn überrascht an. Wie bitte? sagte er.

Natürlich, sagte Abdeslam ruhig. Wenn sie gegangen sind.

Bachir sah verwundert drein, aber er sagte: Gut!

Abdeslam rauchte noch vier oder fünf Pfeifen, während die anderen weitertranken. Bald hingen Haddouj beide Brüste aus dem Kleid. Sie sah sehr betrunken aus.

Abdeslam starrte sie an. Wenn es außer dir noch zehn solche Huren gäbe, sagte er, dann wäre das ganze Land verdorben.

Du hast es gerade nötig, sagte sie verächtlich und zeigte mit dem Finger auf ihn.

Nur die miesesten Huren lassen ihre Brüste so heraushängen. Und du bist eine von ihnen.

Wenn ich nicht Bachirs Gast wäre, würde ich ein paar von diesen Flaschen auf diesem klugen Köpfchen zerschlagen! schrie sie.

Bachir war anscheinend wieder eingeschlafen. Als das nächste Mal jemand auf die Uhr sah, war es nach zwei Uhr früh.

Die beiden Männer standen auf und sagten, sie müßten schlafen gehen, da sie um halb acht bei der Arbeit sein mußten. Sie hatten Haddouj mitgebracht, und sie ging auch mit ihnen. Bachir schloß die Tür und stolperte ins Zimmer zurück. Er setzte sich auf den Diwan, hob eine halbleere Flasche auf und trank daraus. Gleichzeitig sah er zu Abdeslam hinüber, der in der Ecke saß und seine Pfeife rauchte. Darauf habe ich lange gewartet, sagte er. Komm, gehen wir ins Bett.

Jetzt, wo sie miteinander allein waren, hatte Abdeslam viel mehr Angst. Warte, sagte er.

Worauf? Daß du mir davonläufst?

Das werde ich nicht tun, Bachir.

Ich weiß, weil ich die ganze Zeit auf dir liegen werde. Komm.

Trink deinen Wein aus, sagte Abdeslam.

Bachir lachte. Du willst die Flasche leer sehen? Ist es das? Er trank den ganzen Wein, wischte seinen Mund ab und stellte die Flasche auf den Taifor. So, sagte er. Und was willst du jetzt sehen?

Abdeslam gab keine Antwort, und Bachir richtete sich auf. Komm, wir haben zu tun.

Abdeslam sah, daß Bachir nichts mehr trinken würde.

Zu tun? Jetzt? Er tat so, als verstehe er nicht.

Das ist unsere Hochzeitsnacht. Das bedeutet viel Arbeit. Bachir schwankte und machte einen Schritt vorwärts, um nicht das Gleichgewicht zu verlieren. Der Taifor war zwischen ihnen, zu Bachirs Füßen, übersät mit Flaschen, Gläsern und Tellern.

Abdeslam stand auf und ging langsam auf Bachir zu, wobei er ihm unverwandt ins Gesicht blickte. Als er zum Taifor kam, blieb er stehen. Dann gab er dem Taifor einen Tritt, so daß der Rand Bachir an beiden Schienbeinen traf.

Bachir fiel mit dem Gesicht nach vorn auf den Taifor und zerbrach mit dem Arm ein Glas. Abdeslam hatte die Hand in der Jackentasche und nahm die Zitrone aus dem Tuch. Sie lag nun gut in seiner Hand.

Bachir begann sich langsam aufzurichten. Er sah das Blut über seinen Arm rinnen. Heute nacht entkommst du mir nicht, sagte er.

Abdeslam bewegte sich nicht und sah zu, wie Bachir aufstand. Sein Herz klopfte sehr stark.

Bachir ging um den Taifor herum, streckte die Arme aus und machte einen Satz vorwärts. Abdeslam schlug ihm mit der Zitrone auf die Hand.

Bachir schrie auf, beugte sich vor und legte die heile Hand auf die zerschnittene. In diesem Augenblick traf Abdeslam mit der Zitrone Bachirs Wange. In zwei langen Schnitten riß sie das Fleisch vom Ohr bis zum Mund auf.

Bachir war nun noch weiter nach vorn gebeugt, das Gesicht in den Händen. Abdeslam trat ihn mit aller Kraft in die Lenden, und er krümmte sich und fiel in sich zusammen.

Einen Augenblick lang sah Abdeslam auf ihn hinunter. Dann hörte er, wie Bachir schwer atmete. Er lief in sein Zimmer und holte seinen Koffer. Als er wieder durch das mittlere Zimmer ging, sah er, wie Bachir, die roten Hände auf dem Gesicht, auf dem Boden herumkroch. Er warf den Schlüssel unter den Ausguß und dachte daran, daß er seine Eisenbahn und die aufziehbaren Tiere im Mahal zurückgelassen hatte.

Der Regen hatte aufgehört. Er schloß die Tür und ging die Gasse hinunter. Er ging bis zur Ecke, ohne zurückzublicken, doch dann wandte er sich um, um sicher zu sein, daß Bachir nicht hinter ihm war.

Die Tür war noch immer geschlossen. Er nahm den Koffer in die andere Hand und bog um die Ecke.

Bald darauf begannen die Leute zu vergessen, daß sein Name Abdeslam war. Sie nannten ihn El Limón.

Glossar

Ahilan	»Willkommen!«; Begrüßungsformel
Aid el Kebir	größtes Fest der Moslems, das einen Monat nach dem Ende des Ramadan, des Fastenmonats, stattfindet
Bakhour	Räucherwerk
Baqra Seghira	»Kleine Kuh«; Koranabschnitt
Bismillah	»Im Namen Gottes«; Segensformel
Casbah	befestigte Siedlung, Festung
Cherif, pl. Chorfa	Nachkomme des Propheten oder dessen Familie; Eigenname
Couscous	unterschiedlich zubereitete, aus Hirse-, Weizen- oder Maisgries bestehende Hauptmahlzeit der nordafrikanischen Bevölkerung
Djibli, pl. Djebala	»Bergbewohner«; Bewohner der Vorberge des Rif-Gebirges
Djellaba	langer, weiter Übermantel aus gewebter Kamel- oder Lammwolle, mit Kapuze und Ärmeln; von Frauen und Männern getragen
Djemaa	kleine Moschee
Duro	Peso duro; spanische Münze
Fjer	wörtl. Morgendämmerung; erstes Pflichtgebet
Fqih	Korangelehrter
Gnaoui, pl. Gnaoua	schwarzer islamischer Musiker, der häufig bei Festen auftritt

Guinbri	kleine arabische Gitarre mit zwei über einen Schildkrötenpanzer gespannten Saiten
Haik	weiter Übermantel mit Kapuze, vorne offen; Teil der weiblichen Kleidung, der zum Verhüllen des Gesichts dient
Hamdoul'lah	»Gott sei Dank!«
Hanasha	Schreibtafel aus Holz
Harira	Suppe mit Kräutern, Erbsen, Nudeln
Kif	Marihuana
Kifta	Hackfleischklößchen
Kouffa	Korb
Mahal	Ort; Behausung
Medina	Stadt, auch Altstadt
Mijmah	Kohlenbecken
Mokhaznia	militärische Wachen
Moqqadem	Vorsteher eines Stadtviertels oder Distrikts
Mottoui	Behälter für Kif
Mouddin	Ausrufer, Muezzin
Moulay	Adelstitel eines Cherif; Eigenname
Mouwal	langsames Lied von sehnsüchtigem Charakter
Msalkheir	»Guten Abend!«
msouss	vermischt, gefälscht (auf Kif bezogen)
Pascha	Titel eines Stammesfürsten
Qahouaji	Besitzer eines arabischen Cafés
Rhaita	arabischer Dudelsack
Salaam aleikoum/ Aleikoum salaam	Begrüßungsformel
Sebsi	Kifpfeife
Si	Herr; Anrede: *Si Mokhtar*
Sidi	Herr, Meister; Anrede eines Marabout: *Sidi Brahim*
Sminn	zerlassene Butter

Souq	Markt
Taifor	Tisch
Tajine	irdener Topf zum Dünsten von Speisen
Taleb, pl. Tolba	islamischer Theologiestudent, Lehrer an religiösen Schulen
Zamil, pl. Zouamel	»Kollege«; übliche Bezeichnung für homosexuelle Männer